A vida secreta da gente

2ª EDIÇÃO 2ª IMPRESSÃO DEZEMBRO 2012

Ofício das Palavras editora

Rua Capote Valente, 1232 - Vila Madalena

CEP 05409-003 - São Paulo, SP

www.oficiodaspalavras.com.br

Coordenação editorial e revisão:

May Parreira e Ferreira

Diagramação e capa: Set Comunicação

Ilustrações internas: Carolina Cuquetto

Gênero: Crônica

ISBN: 978-85-60728-38-1

Texto estabelecido segundo o acordo ortográfico da língua portuguesa de 1990, em vigor no Brasil desde 2009.

A vida secreta da gente

crônicas

MARIA SANZ MARTINS

Não quero faca nem queijo. Quero a fome.

Adélia Prado

Da minha precoce nostalgia

Quando eu for bem velhinha espero receber a graça de, num dia de domingo, sentar-me na poltrona da biblioteca e, bebendo um cálice de porto, dizer à minha neta:

– Querida, venha cá. Feche a porta com cuidado e sente-se aqui do meu lado. Tenho umas coisas para te contar.

E apontando o indicador para o alto, dizer:

– O nome disso não é conselho, isso se chama colaboração!

Eu vivi, ensinei, aprendi, caí, levantei e cheguei a algumas conclusões. E, agora, aos 82 anos, com os ossos frágeis, a pele mole e os cabelos brancos, minha alma é o que me resta saudável e forte. Por isso, vou colocar mais ou menos assim:

É preciso coragem para ser feliz. Seja valente. Siga sempre o seu coração. Para onde ele for, seu sangue, suas veias e seus olhos também irão.

Satisfaça seus desejos. Esse é seu direito e obrigação.

Entenda que o tempo é um paciente professor que irá te fazer crescer, mas a escolha entre ser uma grande menina ou uma menina grande vai depender só de você.

Tenha poucos e bons amigos. Tenha filhos. Tenha um jardim. Aproveite sua casa, mas vá a Fernando de Noronha, à Austrália e à Barcelona. Cuide bem dos seus dentes. Experimente, mude, corte os cabelos. Ame. Ame pra valer, mesmo que ele seja o carteiro. Não corra o risco de envelhecer dizendo, ah, se eu tivesse feito... Tenha uma vida rica de vida. Vai que o carteiro te entrega o bilhete da loteria? Tudo é possível, e o futuro, tsc, é imprevisível.

Viva romances de cinema, contos de fadas e casos de novela. Faça sexo, mas não sinta vergonha de preferir fazer amor.

E sempre tome conta de sua reputação, ela é um bem inestimável. Porque, sim, as pessoas comentam, reparam e, se você der chance, inventam também detalhes desnecessários.

Se for se casar, faça por amor. Não faça por segurança, carinho ou status. A sabedoria convencional recomenda que você se case com alguém parecido com você, mas isso pode ser um saco! Prefira a recomendação da natureza, que, com a justificativa de otimizar os genes na reprodução, sugere que você procure alguém diferente de você. Mas para ter sucesso nessa questão, acredite no olfato e desconfie da visão. É o seu nariz quem diz a verdade quando o assunto é paixão.

Faça do fogão, do pente, da caneta, do papel e do armário, seus instrumentos de criação. Leia. Pinte, desenhe, escreva. E, por favor, dance, dance, dance até o fim. Se não por você, faça-o por mim.

Compreenda seus pais. Eles te amam para além da sua imaginação, sempre fizeram o melhor que puderam e sempre farão. Cultive os amigos. Eles são a natureza a nosso favor e uma das formas mais raras de amor.

Não cultive as mágoas. Se tem uma coisa que eu aprendi nessa vida é que um único pontinho preto num oceano branco deixa tudo cinza.

Era isso minha querida. Agora é a sua vez. Por favor, encha mais uma vez minha taça e me conte, como vai você?

Doces bárbaros

Os bem comportados que me perdoem, mas, mesmo correndo risco de estar sozinha nesta opinião, direi que, para cerimônia, os amantes não têm a menor vocação. Prementes e pouco chegados aos debruns de civilidade que são, com fome então... Dispensam qualquer encenação e nos atropelam com a força da gula sincera.

– Deus me livre, quem me dera...

Como doce de leite roubado da geladeira, no meio da madrugada, esse tipo de macho nos toma de assalto, às colheradas. Abandona prato, guardanapo, faca e garfo. Deixam a etiqueta de lado e não pedem autorização. Agem com vontade de brigadeiro, sem consultar a razão.

Pudera, mulher tem faro fino para o medo e a hesitação.

É preciso talento de golpista, agilidade de batedor de carteira, fúria de apaixonado e charme de cachorro pidão para desarmar o relógio suíço do pensamento feminino programado para, primeiro, dizer não.

Entre pêssego em calda, na lata, e goiaba do pé, da casa ao lado, está o beijo furtado dentro do carro. Ah, dos delitos, esse é o mais desejado. Impulso, lábios, calafrio, hálito e o rádio. Mãos ao alto, camisas dispensadas, vidros embaçados e juras entre os dentes, ao som do velho comercial de supermercado.

Neste caso, o bárbaro desligará agilmente o rádio, sem perder o mel dos lábios. O civilizado, por outro lado, entre desconcertado e afobado, vai emendar um vamos sair daqui? (Então é o fim). Mulher não resiste a uma consulta.

– Não posso. Tenho que ir. Alcança minha blusa.

Preferimos os movimentos à paisana. Homem bamba, delicadamente desajeitado. Sem talento para galã, nem vilão.

Ora, se tem coisa que a gente detesta, é texto decorado. Mas, sucumbimos às palavras sequestradoras dos sentimentos abafados.

Hum... Telefonema de confissão sincera de surto de saudade, com requinte de detalhes, do cheiro, do hálito, daquela noite, naquele quarto, também costuma arrastar qualquer mulher para o cativeiro. Nos faz sonhar ao volante e suspirar no chuveiro. Não duvide, a incontinência dos segredos é infalível em nos operar arrepios.

Mão cheia de pipoca doce, caindo da boca, em cima do sofá, por dentro da roupa. Vontade indefensável que atropela o recato. Tudo que é coisa boa, que quanto mais se come mais aumenta a fome. Sinfonia de colher em pote de iogurte, raspado pelos inconformados; resto de calda inalcançável lambida do prato; todo vestígio de milk-shake sugado por um par de canudos obstinados. Fica combinado, toda gula carrega em si uma dentada de luxúria.

Cheiro nos cabelos, barba na nuca, mãos pela cintura. De repente, quadris pressionados contra a pia, é um assalto, perigo. “Mas e as claras em neve?” Ela suplica, entregando-se a outros suspiros. Entre gargalhadas, escapa, corre, se refugia na sala. Ele a alcança pelo avental, com pressa de arrancar papel de bala. Ele, caramelo. Ela, maluquinha de uva. Morde, estica e puxa. Rendição, armistício tácito.

Amor e açúcar são sempre urgentes para esses bárbaros.

Olhepse

Sou louco por ela. Mas ando em desassossego.

É que logo de manhã cedo, raramente gosto do que vejo. Ela vem toda esculhambada, fazendo careta com uma cara amassada. Primeiro ela me olha, depois faz um coque, escova os dentes e vai embora. Daí a pouco ela volta com cheiro de café. Penteia os cabelos, com um pente dourado, e os prende num rabo de cavalo. Lava o rosto com sabão, passa creme, rouge e batom.

No meio do dia, lá vem ela de novo. Para na minha frente e abre a boca, mostrando bem os dentes, procura uma casca de feijão. Enxágua bem a boca, depois a escova e passa fio dental. Retoca o batom, prende de novo o cabelo e me cede um sorriso cordial.

Quando a noite chega ela vem diferente. Está nua, prestes a entrar no banho. De frente com preguiça, ela procura em mim a própria beleza. Segura nas mãos os seios, alisa a barriga, passa as unhas nos pelos, e só depois solta os cabelos. Durante o banho, vez ou outra, esfrega a mão no vidro do box e me procura. Com a cabeça cheia de espuma, o vidro logo embaça, aí ela desiste, ou disfarça, e segue no banho cheia de graça. Quando, enfim, a ducha acaba a gente mal se vê, por causa da fumaça.

Só mesmo mais tarde, quase à uma da madrugada, ela volta de camisola. Abrindo a boca de tanto sono, passa no rosto uns cremes estranhos, escova mais uma vez os dentes, chega bem pertinho e me olha. Dessa vez, procura escusos cravos e, uma ou outra espinha saliente. E quando resolve enfiar as unhas na pele, ah, aí ela se arrepende. Depois apaga a luz, uns dias sorrindo, noutros, descontente.

Faço esse desabafo porque sinto uma enorme falta de quando ela ligava a música bem alta e me namorava. Ficava horas fazendo pose, dando risada, mexendo nos cabelos e na caixa de maquiagem. Ah, como ela se pintava! Dava gosto de ver as coisas que ela inventava.

O tempo passou e ela já não vê mais graça em ficar cantando pra mim de batom vermelho, fazendo caras, bocas e de microfone a escova. Aquela outra se foi. Levou com ela a alegria de uma moça bonita e cheia de vida, deixando pra trás essa apressada, que acorda mal-humorada, e que só me dá bola quando é dia de festa, ou quando está muito, mas muito empolgada.

Quanto a mim? Eu continuarei aqui, pregado sobre a pia, na parede desse banheiro, esperando ela chegar para refletir sua beleza colorida, em vez de os sempre beges azulejos.

Página nova ou o dia depois de hoje

Eu quero a página em branco. Quero lápis apontado, e borracha para as faltas de cuidado. Quero outra chance. Poder escrever de novo e, ainda, se quiser, fazer tudo diferente.

Quero ultrapassar as linhas que delimitam as letras. Caderno pautado, não! Quero extrapolar o cabeçalho, esquecer os acentos, violar a gramática e as regras de pontuação. Quero todo espaço que houver na imaculada brancura do amanhã.

Quero não sentir culpa por também escrever errado. Quero dizer o que sinto sem vocabulário sofisticado. Quero nunca acerbar o pensamento, nem perder de vista as formigas que pelo meu texto passeiam. Quero palavras de caramelo, que derretam ou lambuzem azedos preconceitos.

Quero réveillon. Brindar o novo com rabiscadas palavras que açoitem a pureza da branca página. Quero gritos escritos e letras perfumadas. Quero ser uma carta esperada, que, apesar de atrasada, chega a tempo de provocar a virada.

Quero as revoluções da lua, que cresce, míngua, vai, volta, mas é sempre nova. Quero que as frases minhas, quando repetidas, tornem-se suas. Quero escrever de trás pra frente e falar de Roma, sempre.

Quero a poesia ordinária dos que amam sem medo e se entregam por vontade. Quero palavras galopantes que me carreguem como cavalos. Frases de pista duplicada que permitam alta velocidade. E parágrafos sinuosos, que deem arrepios, ora quentes, ora gelados.

Quero ainda muitas páginas, dias, meses, capítulos e anos em branco. E, se é mesmo verdade, quando dizem que toda vida daria um livro, quero, afinal, tê-la escrito.

Acho genial a contagem regressiva dos 365 dias para a reciclagem da esperança e da motivação. É a virada da página que traz, pra você e pra mim, um ano novo em folha! Branco e limpo, que é pra gente escrever, desenhar, colorir ou rabiscá-lo todinho!

Tsc, pro dia depois de hoje, eu quero só tudo isso.

– Feliz Ano Novo!

Sobre nomes

Que há num nome? Aquilo que chamamos rosa,
com qualquer outro nome seria igualmente doce.
WILLIAM SHAKESPEARE

Não sei bem explicar por que ela me deu o nome de Maria. Assim, simples, sem complementos ou acentos. Meu nome é reto. Ser, só, Maria pode ser tão banal quanto profundo – além de não precisar de tradução em lugar nenhum do mundo. Não, não que eu queira encher de mel meu próprio umbigo, mas minha mãe sabe tudo, esse nome combina comigo.

Já ela, que tem no nome um detalhe a ser acrescentado – minha mãe é Martha, com h – passa longe de ser pessoa comum. Aliás, posso dizer que tenho uma mãe extraordinária! Ela toma Coca-Cola de manhã cedo, não usa saia e não gosta de praia. Com ela aprendi a ser corajosa, inquieta, criativa e curiosa. Minha mãe é uma mulher fascinante e muito diferente. Pudera, ela é filha de dona Themis! Ah, vovó...

Ela é uma artista que, literalmente, canta, toca, pinta e borda.

Themis escolheu chamá-la de Martha, que me chamou de Maria, que, por enquanto, inventa nomes para pequenas histórias, mas também vai dar nome a outro alguém quando chegar a hora. Você sabe, o nome próprio é um substantivo escolhido. Ou melhor, é como nossa genética, um presente perpétuo a ser carregado, ou usufruído.

Desejamos ser muito mais que isso. Queremos reinventar esta palavra que nos encarna. Queremos, ainda, complementos, advérbios e adjetivos. Queremos os melhores que existem, aqueles que, desde cedo, nos ensinam que devem ser conquistados para serem merecidos.

Quando crescer, Marisa quer ser uma bailarina talentosíssima; já sua irmã Sabrina, quer ser médica dermatologista. Bem, por enquanto, são apenas meninas que dizem presente quando ouvem seus nomes na chamada da escola, mas que, secretamente, esperam que o futuro as aguarde com títulos e glórias.

Construímos um contexto, cercamos um objetivo, e moldamos nosso nome próprio de forma que ninguém mais no mundo possa ser parecido. Por isso, por mais que existam milhares de Fernandos, Carmens, Themis, Marthas e Rodrigos, nenhum deles terá pra você o sentido que tem pra mim. É que eles são como a flor que, por acaso, chamaram rosa, poderiam ter o nome que fosse, ainda assim seriam de todos os mais doces.

Enfim, doces, extraordinárias, complexas, simples, pequenas ou grandes são pessoas – não palavras. Portanto, o complemento que te define, ou o que o seu nome significa, equivale à maneira com que você escolheu viver a vida.

Eu, por exemplo, tenho nome de mulher comum e rara, banal e profunda, poderosa e fraca, santa e profana, ou todas em uma. Ambígua. No fundo, sinto orgulho de ser uma Maria.

Ama et fac quod vis

Nunca pergunte ao cabeleireiro se você
está precisando de um corte de cabelo;
Nunca aconselhe ninguém a contrair
casamento ou deixar o emprego;
Nunca recuse uma bala de menta
quando te oferecerem;
Nunca tome o antídoto antes do veneno;
Nunca peça orientação a um bêbado;
Nunca subestime a hipocrisia dos políticos;
Nem o cinismo dos falsos amigos.

Nunca sussurre para os mortos
(nem pisque para os cegos);
Nunca se defenda antes de ser acusado;
Nunca, de maneira alguma, tome na mesma noite Lexotan
e Lacto-Purga;
Nunca coma croquete de camarão
quando houver na festa alguém que te interessa;
Nunca transforme a conversa
numa exibição de erudição;
Não use biquíni emprestado.

Nunca fale mal de um amigo, nun-ca;
Nunca o critique, nem o corrija diante dos outros
Nunca tente roubar a babá ou a empregada
de uma amiga, o marido, menos ainda.
Também evite copiar dela a tatuagem,
o perfume e o corte de cabelo;

E, por favor, não seja o amigo solidário
só nas horas difíceis, se esforce para ser
também na hora do êxito.

Nunca diga "vocês têm uma ex-namorada em
comum" quando apresentar duas pessoas;
Nunca entre num quarto sem bater;
Nunca empurre o prato logo depois de comer;
Nunca telefone para pessoas normais
antes das nove e meia da manhã;
Nunca confunda falta de ar com paixão;
Nunca se apaixone por quem não
é capaz de se emocionar;
Nunca ofereça em bandeja
de prata o seu coração.

Nunca deixe o tapete do lavabo embolado
aliás, no lavabo, nunca deixe rastros;
Nunca misture destilados com fermentados;
Nunca beba de estômago vazio:
nem no dia em que for conhecer a sogra,
nem domingo à noite ou fora de hora;
Se beber, nunca fale no ouvido dos outros,
não coloque a mão nos ombros,
não pegue no braço, não sente no colo,
nem se pendure nas pessoas;
E mais, ainda para o caso de excesso de birita, nunca
grite que a noite é por sua conta,
não proponha casamento,
não prometa um aumento,
nem toque no volante;

Nunca chame o guarda de trânsito de "mé irmão";
Não brinque de gato e rato
quando você é o rato.

Entretenha, mas nunca satisfaça
completamente a plateia;
Nunca derrote seu chefe –
você foi contratado para ajudá-lo, não superá-lo;
Nunca apele para a peruca
quando calvo, faça como César: cubra-se de louros;
Nunca confunda qualquer
artigo reluzente com ouro;
Nunca abra a porta para o menor mal que seja – atrás
dele escondem-se sempre outros;

Nunca perca a compostura
nem o tíquete do estacionamento,
a paciência, a comanda da boate,
as chaves de casa, nem a decência;
Nunca pule do alto de coisa alguma
para provar nada para Sr. ninguém;
Nunca empreste ou se desfaça
de um livro que te foi querido;
E, finalmente, nunca, nunca, nunca desista.
Hum... Acho que era isso.

Se em mim você não levar a menor fé, faça como
recomendou Santo Agostinho (400 d.C.):
Ama e faz o que quiseres.

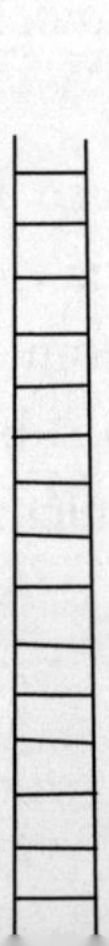

A hora mais perigosa

Foi Clarice Lispector, no conto *Amor*, quem melhor descreveu essa hora em que o mundo, silenciosamente, te ameaça, te incita à perdição do juízo, da calma e do rumo de casa. E provoca em você a pior vontade de viver.

É preciso cuidado na hora em que já estão cheias as garrafas d'água, os jornais lidos, os e-mails checados, a louça lavada, o maço fumado, a casa limpa e o trabalho acabado.

É por medo desse horário que muitos alimentam o vício de preencher o dia com milhares de coisas para fazer. Sim, tapeiam melhor esse perigo de que falo os viciados que se mantêm sempre ocupados.

São sujeitos atribuladíssimos e apressados, que vão do trabalho para o supermercado, passam no sapateiro e no relojoeiro, depois vão à academia, ao salão de beleza, à locadora, à padaria e só chegam em casa na hora mais segura do dia: quando o marido, ou esposa, crianças, cachorro, periquito e papagaio também exigirão sua atenção e seus cuidados.

A técnica é manter-se bem cercado – tarefas e compromissos protegem do perigo da inquietação e afastam o temível pensamento vadio. Aquele, arisco e malcriado, que corre solto, sem rédeas ou freio de mão, e galopa pelo passado, especula o futuro, e duvida de todas as escolhas feitas até então.

Com ele todo cuidado é pouco. Esse tipo de pensamento tem o poder de nos expulsar da própria vida; faz com que nos tornemos estrangeiros de nós mesmos, e com que nossas profissões, títulos, troféus e compromissos percam subitamente o sentido. E, ainda mais grave, como já disse, é ele quem faz nascer a tal pior vontade de viver.

Uma vontade que não faz concessões, que não respeita leis nem convenções, e quer a todo custo rasgar velhos contratos.

É uma vontade de sair correndo de casa, do país e da moldura do porta-retrato para não mais ter dono, endereço ou predicados. Essa vontade é um permissivo desatino, um perfeito inconformismo, um desejo desmedido de reestrear na vida.

Não tenho o talento de Lispector, mas também ousei falar disso porque fui acometida. Sim, fui assaltada pela pior vontade de viver na hora mais perigosa da vida. Quando tudo estava certo, brilhando e estável. Quando os porta-retratos sorriam suas fotos quase antigas sobre a estante desempoeirada. Quando os contratos estavam homologados, a geladeira cheia e a cama arrumada, com lençóis de linho branco e dez almofadas.

Foi nessa hora que senti no peito o frio do galope e a fome dos coiotes. Senti o cheiro das frutas novas, doces e amareladas que pendiam na grandiosa árvore, me implorando coragem. Vi um mundo delicioso e mastigável. Vi tudo com o rótulo bem grande escrito em vermelho, possibilidade.

E, assim, indefesa, naquela hora perigosa, fui capturada pela incontrolável vontade de viver, que me agarrou pelo braço dizendo:

Vem comigo, você não vai se arrepender.

O esforço delicado

O dia na empresa foi dos diabos. Aliás, depois da moenda da semana, ele e só bagaço. No caminho de casa, trânsito parado e a “A Voz do Brasil” no rádio.

– Droga! O toca CD ainda está quebrado.

Geme o celular, é o colega de trabalho. “Chapa, só pra lembrar que o prazo do relatório é segunda-feira cedo, no primeiro horário”. Pronto, agora nem o dicionário dos impropérios define o quanto ele está mal-humorado.

Aí já sabe, depois da porta de casa, o primeiro desavisado que cruzar seu passo será premiado. E advinha quem o espera com manteiga, café tipo exportação e pão de padaria? A família, claro. Aqueles que, acostumados com seu jeito assombrado, recebem suas patadas sem perplexidade. Mas não foram essas pessoas com quem ele construiu um comovente passado? Pois então! Justo os mais queridos são também os que pagam o pato.

É cômodo. Nada mais fácil que atirar palavras empedradas naqueles em que o amor funciona como um amortecedor acolchoado.

Alguns casais conservam em casa aquela atmosfera de ringue de luta livre, mesmo repartindo a delicadeza da poesia contida na cumbuca de arroz, nas xícaras aladas, no arame torto do varal, no sabonete gasto de aveia, no silêncio da cama e no Vinícius, na prateleira. E também entre pais e filhos crescem matagais de eras severas e espinhos com tamanho de flor, apesar da aventura rara de gerar a mais frágil das criaturas nascida do amor.

Para evitar esses desperdícios não é preciso ser jardineiro nem poeta. Basta ter o caríssimo alinho de espantar a Preguiça e a Pressa - essa dupla de raparigas irritadiças que roubam do bicho-homem o indolor esforço de ser gentil.

Fundamental é trabalhar duro e bacanérrimo é posar de empresário. Mas, para a família, maravilhoso é homem de esforço delicado... Aquele cheio de bons-dias, pois-nãos e obrigados. De telefonemas adocicados, banho de cheiro depois do trabalho, toalha estendida, sofá de namorados. Depois, taças de vinho na varanda para ceder os ouvidos aos filhos e abajur aceso na cabeceira, para tatear o coração da parceira.

Só que esses são tipos raros. Passada a linha da intimidade, cortesia se transforma em artigo para visitas. Feito licor caro, oferecido em solenidade.

Aos seus, gritos de contralto que fazem pender as flores nos jarros e deixam até o cachorro da casa de olhos molhados – deve ser de compaixão por vê-lo assim, tão insensato. Depois de horas preparando os relatórios de lucros maximizados, entre os de casa, o cão é o único poupado dos sarcasmos e das patadas.

Acho mesmo uma tristeza. Essa dureza para com os seus, solda a vida. Empedra a noite e enferruja os dias. Ele, sem se dar conta disso, vai seguindo o mesmo caminho – chave, maçaneta gelada, porta larga – entrada e saída do ninho. A ida, um banho de sol com a pulsação desafiando as coronárias.

A volta, demorada e preguiçosa, como o retorno à cela para o condenado. Coitado, ama de uma maneira escura, que emudece e machuca aqueles que junto dele ganham idade.

Trabalho é sustento. Casa, casa é templo. Contornos à mostra, pés descalços, lanche fora de hora. Janela aberta, cabelo despenteado, hálito de café, abraço, silêncio, cumplicidade. É crescimento, espaço sagrado, morada, matriz, família, raiz.

Só que ele não sabe.

– Fazer o quê?

Ah, se todos ganhassem dinheiro para usá-lo aprendendo a viver.

Pode chorar

Tem dia que é melhor não futucar. É que nesses dias, por uma coisa à toa, mixuruca, a gente chora, se despedaça e cai. Mesmo que o dedo passe a léguas da ferida, nesses dias tudo arde. Pode ser por uma chuva forte ou uma forte saudade. Pode ser por um deboche, um telefonema ou por uma vaidade.

Já disse, quando é dia, não tem jeito, não há coisa pequena que passe. E quando o choro vem, ah, vem que vem com vontade. Tal qual uma árvore carregada, que com o balanço do vento deixa cair sem esforço seus frutos mais doces e pesados.

Sou do tipo que chora. Não faço a apropriada. Nunca soube medir lugar, companhia, razão ou consequência do sentimento pelos olhos derramados. Caía assim, naturalmente, como do pé cai a fruta por demais amadurada.

De minhas lágrimas não me envergonho e por elas nunca pedi perdão. Ao contrário, para ser honesta, delas eu jamais abri mão.

Veja você, tenho uma bolsa velha, feita de couro delicado, que guarda uma mancha escura num estranho formato. Lembro como se fosse hoje do dia em chorava a ela abraçada, enquanto desmanchava com um antigo namorado. Sem me dar conta, as lágrimas escorriam pelo meu rosto e nela pingavam, arruinando pra sempre o fino couro, e aquele namoro. Tsc, mas, como disse, tenho um choro implacável, e pude apenas tomar o cuidado de colocar a bolsa de lado.

Nesses dias em que a carne fica exposta, qualquer uma ou outra palavra soprada pode respingar feito vodca barata e provocar uma erupção. Do tipo que arde, latejando o sentimento, que vem do peito feito um trem descarrilado, para na porta dos olhos e cai derramado. Morno e molhado.

Quem nunca chorando estragou o ombro de uma camisa branca, uma fronha, um cobertor de avião, um jantar, uma festa ou uma reunião? Bem, se suas lágrimas são raras e com elas você nunca estragou nada; nem chorou escondido numa despedida, assistindo uma novela ou um filme, parabéns! Muita gente, certamente, acha que você merece uma medalha.

Eu, que não mereço nada, sou uma baita atrapalhada, molho bolsas, camisas e dependendo do dia, até toalha, sinceramente, não te guardo admiração. Não, não é despeito. É que não consigo mesmo entender seu jeito de se manter sempre seco. Assim, verde, aristocrático, pendurado no galho, olhando de cima as outras frutas esborrachadas lá embaixo e esperando pelo dia em que irão te colher com a mão.

Experimente se soltar, cair do galho, entrar em erupção. Molhar o rosto e a camisa. Chorar de alegria, de tristeza, melancolia, TPM, saudade ou emoção.

Que seja de verdade, para se entregar à possibilidade de ser apanhado do chão.

Revendo o altar

Celebração de casamento é um evento que não falha em me deixar pensativa. Claro, se tem uma coisa inspiradora é a imagem de dois jovens realizando, juntos, cada detalhe de um sonho – festa, lua de mel e apartamento novinho, estalando.

Recentemente, um em especial, mexeu comigo. Foi uma cerimônia numa igreja no alto de uma colina, com vista pro mar. O noivo, que tinha pinta de artista, entrou ao som de "Foi assim como ver o mar/ a primeira vez que os meus olhos se viram no seu olhar (...)". De arrepiar. A noiva, cheia de luz, entrou com uma Ave Maria, que deixou muita maquiagem derretida, eu que, por sorte, estava sentada numa das primeiras filas, fui prontamente socorrida com um lenço de papel pela cerimonialista.

Os pais da noiva eram só orgulho, apesar de separados num litígio cruento, cumpriam com elegância seus papéis no evento. Os pais do noivo, um casal elegantérrimo, à beira de completar bodas de esmeralda, é sabido por todos, inclusive pela esposa, que ele tem mais de um filho com outra, se mantinham distintos, num exemplo clássico de cinismo. Já os casais mais jovens, muitos deles padrinhos, recém-casados, iniciando a vida, testemunhavam a união com alegria, trocando olhares emocionados com seus respectivos.

O padre, muito doce, disse umas palavras bonitas e fechou com a pergunta de costume: "Minha filha, você promete ser fiel na alegria e na tristeza, na saúde e na doença, amando-o e respeitando-o até que a morte os separe?"

Foi aí que me peguei pensando no que eu responderia, caso escolhesse passar novamente por isso. Acho que num surto de coragem, eu apanharia o microfone da mão do padre e diria alguma coisa nessa linha:

Olha, seu padre, não me leve a mal, mas essa pergunta precisa ser revista. Eu sei que o senhor não tem nada com isso, que está no script e coisa e tal, mas, fique sabendo, casamento é muito mais que um juramento.

Claro, a pureza investida nesta batina o impede de enxergar o que, algumas vezes, mais adiante, a vida ensina aos amantes. Em alguns casos, ensina que, apesar de toda sinceridade contida no sim, proclamado aos pés do sagrado, jurar sobre os próprios sentimentos pode ser o maior dos pecados.

Sim, porque, não demora, fica claro, não é a gente que manda no coração – mas o contrário.

E de que adianta jurar de pés juntos que queremos ficar para sempre juntos se, com o tempo é possível que alguns sentimentos mudem? E, se isso acontecer, de que adianta viver uma vida impecável, correta à beça, baseada em cobranças e promessas?

Além disso, convenhamos, até que a morte os separe é um compromisso sem tamanho para quem só tem vinte anos.

Por tudo isso, acho que essa promessa final deveria passar por uma reforma. Ora, casamento é aposta. Promessa sincera, de tentativa. Empenho, entrega.

É um esforço constante para não perder o respeito pela individualidade alheia. É prometer lealdade, sem jamais esquecer de que você não pertence ao outro, nem o outro a você. É lembrar, diariamente, que vocês estão juntos por livre e espontânea vontade, e não porque assinaram um contrato.

É ter habilidade para se revezar entre os papéis de melhor-amigo e melhor-amante.

É trabalhar para que, com os anos, a relação abra uma clareira de companheirismo e uma trilha de amadurecimento; e não um matagal repleto de espinhentas cobranças.

É saber que não se deve usar a rotina como desculpa para a falta de gentileza e de poesia.

E é fazer amor sem medo e gerar frutos do desejo, e não porque os outros esperam por isso.

E mais, é saber que a separação também pode ser um ato de união – uma outra forma de amor, para pessoas que um dia se amaram pra valer, mas que, corajosamente, reconheceram que acabou.

E diria: por favor seu padre, não me peça para prometer, de antemão, sufocar meus sentimentos para sustentar uma convenção. Aliás, quer saber a verdade? A única coisa para a qual sempre direi sim é para a tentativa sincera de ser feliz.

Quando, acabei esse longo pensamento, me dei conta de que a igreja já estava quase vazia, que os noivos já estavam na porta de saída e que os padrinhos já estavam preparados, munidos com punhados de arroz em saquinhos decorados. Apanhei minha bolsa de mão, saquei o espelhinho para conferir a maquiagem e encontrei no celular um recado.

Do lado de fora da igreja, de frente aquela vista espetacular, me esperava o amor que escolhi tentar.

É, ele chegou atrasado. Não ficou ao meu lado diante do altar, não ouviu o padre falar, não recebeu as bênçãos, nem se emocionou com a beleza da cerimônia. Me abraçou apertado, se desculpando pelo atraso.

Não me importei, estava pra lá de contente, a gente ainda tinha a vida, digo, a festa inteira pela frente.

Delícia!

Sempre gostei da ideia de que palavras são como caramelos. E se são mesmo elas cubinhos recheados de significados que derretem na boca, então malícia é das minhas preferidas.

Malícia e maldade são palavras que se assemelham na grafia e, teoricamente, também na significação. Mas na prática, ah, na prática você sabe, são iguarias de recheios bem diferentes. O mal é seco, amarga; e a malícia, azeda e doce, estica e puxa, é coisa molhada.

Cá entre nós, saber driblar é pura malícia, coisa de craque, merece aplauso, é delícia! Já a maldade, típica dos inseguros, é reflexo do medo, coisa de apelão. É a rasteira proposital que derruba o adversário no chão. É ruindade, falta pra cartão.

Veja o caso do insolente e petulante Vadinho, primeiro marido de Dona Flor, de Jorge Amado. Dos personagens mais maliciosos que já conheci, Vadinho era um ladino, cheio de alegria, lábia e lascívia. Já sua sogra, Dona Rozilda, mãe de Flor, megera mais malvada nunca se viu. Era uma bruaca invejosa, venenosa, vil.

Depois de Vadinho ter lhe engabelado passando-se por importante político, Dona Rozilda sentia-se cheia, majestosa futura sogra de homem de renome, e no dizer de Jorge Amado: *Tocava Dona Rozilda os cimos do poder, sentia o gosto sem igual da fama; Vadinho tocava os seios rijos de Flor no escuro da escada, sentia o gosto sem igual da boca medrosa e sedenta da moça, mordia-lhe os lábios. Revelava-lhe um mundo apenas suspeitado de prazeres proibidos, ganhando a cada noite de namoro uma parcela de sua resistência e de seu corpo, de seu pudor, de sua oculta emoção.*

E a menina donzela, consumida pela paixão, cede aos dribles sem remédio de Vadinho e foge de sua mãe que, depois de descobrir toda a verdade a respeito do moço jogador, santo do pau oco caído do andor, furiosa e cega de ódio, tenta de todo modo prejudicá-los.

Tarefa impossível para Dona Rozilda porque, como disse, malícia é arte, jogo de cintura, de capoeira e futebol. É enredo, paquera, melodia e sedução. Palavra lasciva que morde e assopra. Cola no céu da boca a ponta da língua, colore, enrubesce e lubrifica.

Malícia é, enfim, substantivo feminino que se deseja, sobretudo, de um sujeito masculino.

De maldosos, homens inseguros, medrosos e cheios de ciúmes, o mundo tá cheio. O que toda mulher quer, e merece, é pouco de malícia que drible seus humores, suas recusas frágeis de relutância débil; que em vez de razões e termos alambicados, lhe confessem más-intenções e duvidosos conceitos.

O que toda mulher, enfim, deseja é um pouco de petulância, palavras de caramelo que as façam lamber os beiços e pensar com alguma malícia:

– Ai, que delícia.

Festa na prisão

Desde a idade média, as cortesãs fazem parte da classe alta da sociedade. Nas cortes reais europeias, essas moças, e moços propiciavam companhia e intimidade aos reis e rainhas, que careciam, e muito, disso, já que seus casamentos eram, na grande maioria, arranjados em garantia de alianças políticas.

Diferente do que se acredita, essas cortesãs não eram apenas moçoilas bonitas encontradas por acaso nas tavernas, estábulos ou pelas esquinas. Ao contrário, elas também eram de famílias abastadas e tinham sangue azul, como se dizia. A intenção delas e de suas famílias, que não só as apoiavam, como também se engajavam para inseri-las, era adquirir prestígio, brilhar socialmente e fazer parte da alta aristocracia.

Deixando o Palácio de Versalles para aterrisar nas modernas capitais do séc. XXI, encontramos um cenário, eu diria, parecidíssimo. Mal comparando, a realeza de hoje seriam as celebridades, os grandes empresários, os atletas bem posicionados, os políticos, os membros do alto poder executivo, e do judiciário, os investidores ou, para dizer pouco, os milionários.

As cortesãs continuam sendo moças bem nascidas, bem criadas e lindas. E a demanda por intimidade e companhia. Ah, essa continua altíssima!

Claro, nada disso se discute, nem se discrimina. Pudera, a tradição é antiga. Além do mais, a ansiedade por algum status social nunca foi tão alta. Podendo, inclusive, ser considerada uma epidemia.

A coisa pode ser normal, dependendo do ponto de vista.

Como os poderosos do capitalismo são ricos de dinheiro e pobres de tempo, e algumas vezes também de espírito, a manutenção de um casamento bem-sucedido acaba lhes sendo exigido para combinar com o padrão de sucesso profissional altíssimo. Desse modo, quando a companhia de uma moça jovem, culta, bem-nascida e pronta para servi-los, ops, digo, seduzi-los, lhes é oferecida, eles nem se preocupam em saber o custo de tudo isso – se o primeiro casamento com o pouco sofisticado amor da juventude, se joias caras, carros, jatos ou casas na praia. Tsc, claro, nada disso fará diferença. Afinal, para a realeza, dinheiro e cinismo, não costumam ser problema.

Claro, para as candidatas existem os pré-requisitos. Por exemplo, beleza física. Bem como boa formação, cultura, sofisticação e, sobretudo, domínio da arte da sedução. Também é interessante ser bem viajada e ter acesso livre aos camarotes, áreas vips e festas mais badaladas. Ah, e um detalhe, uma verdadeira cortesã não deve sentir o menor constrangimento em declarar que faz absoluta questão de viver uma vida, eu diria, privilegiada.

E, como não poderia deixar de ser, existem também os benefícios. Ser uma cortesã, nos dias de hoje, significa viajar o mundo de primeira classe, conhecer pessoas importantes e experimentar um luxuoso lifestyle.

Contudo, é importante ressaltar que neste mercado não há espaço para divas. Ao contrário, faz parte do contrato ser comportada, obediente e saudável. Manter-se atualizada, falar outras línguas, ter a pele, o cabelo e unhas sempre em dia. Ser fértil também é importate. Discrição, sofisticação e talento para sedução também são premissas. Ah, claro, e tem as taxas. As de paciência e libido, por exemplo, devem manter-se sempre elevadas.

Como Danuza Leão disse num trecho de seu livro de memórias *Quase Tudo*, justificando o porquê de não ter cedido às investidas de um industrial alemão riquíssimo: *é preciso ter vocação e capacidade de grandes renúncias para casar com um milionário.*

Claro, Danuza, viver numa gaiola de ouro pode até ser bonito, mas com certeza não é fácil.

Enfim, assistir às moças e moços que se esforçaram para garantir essa opção e hoje, portanto, fazem parte do ultra-high-society, desfilando o perfume blasè da ostentação, me deixa um pouco constrangida.

Tsc, não.

Não deve ser bom viver uma festa na prisão.

Famintas

Sentia necessidade de poder tirar das coisas uma espécie de proveito próprio, e repelir como inútil tudo que não contribuísse para a alegria imediata do coração, porque tinha um temperamento mais sentimental que artístico, procurando emoções e não paisagens.
GUSTAVE FLAUBERT

Acho lindo esse trechinho da descrição de Flaubert sobre a personalidade ainda jovial de Madame Bovary. Na verdade, aprecio, sobretudo porque me identifico. Também sou assim, do tipo que procura emoções em tudo, inclusive nos livros. Ah, tiro proveito mesmo. Do sol morno de manhã cedo; da música no rádio; do cheiro do café preto; do molhado da fruta, do abraço e do beijo.

Venero tudo que me traz alegria. Quanto ao que me deixa triste, ou é inútil às cordas do coração, repudio. Como Ema Bovary, sou movida pelo coração, procuro menos a paisagem e mais a emoção.

Talvez isso explique porque meus romances preferidos têm sempre a ver comigo. Não adianta ter beletrística, ser clássica ou famosa. Pra mim, literatura boa é aquela que tanto engorda quanto mata a pessoa. Ora, se não me roçarem na pele os personagens; se não me fizerem vestir-lhes os sapatos e os trajes; se eu não sentir a vaga certeza de que aquelas ideias me foram roubadas, deixo o livro de lado. É como disse, preciso ser tomada porque, na verdade, estou sempre em busca disso, de sentir por dentro um reboliço.

Me espremo como posso, me encaixo. Deixo cair a seta, depois pinto um alvo em torno dela. Me encontro nas letras das músicas mais absurdas. Nos romances, nos filmes, nos contos, quadros e peças de teatro. Experimento sem pudor o esplendor dos céus poéticos e das paixões maravilhosas, dessas enormes, de plumagem cor-de-rosa.

Tenho o coração inquieto. Talvez seja afinal uma caçadora de emoção, como aqueles rapazes do filme de ação. Desejo secretamente uma vida de lua de mel, num país de nome aberto, onde o solo perfumado seja fértil para a felicidade. Ah, e também no trabalho, não suporto o marasmo, por isso talvez use palavras e imagens para distorcer como posso a calmaria das verdades.

Tsc, porque na vida real, vira e mexe me sinto deslocada. Como quando encontro por acaso a alegria, e preciso me controlar para não correr, atropelar, pular em cima. Claro, o equilíbrio é mais conveniente às pessoas da minha idade. Só que para mim, é dificílimo sustentar o ar de enfado, quando por dentro estou sentindo alegria aos espasmos.

Tipo ontem, quando cheguei à exposição de arte e me serviram um champanhe gelado. Fiquei deslumbrada com as telas nas paredes e feliz com aquela simples, mas borbulhante, frialdade – deu vontade de rir, esticar os braços preguiçosamente para o alto, depois dar um abraço em quem estivesse do meu lado. Mas fazer a louca ali, não era o caso.

Também quando recebo um elogio sobre algum texto de domingo, sinto vontade de pular no pescoço do outro, fazer amizade, dar gargalhada, mas me comporto e digo sorrindo, com carinho, "muito obrigada". Tsc, se me controlando já deixo muita gente assustada, imagine se eu relaxasse e agisse como costumo estar quase sempre – assim, emocionada.

Gulosa, sonhadora, desastrada, exagerada, parto para cima da vida como a menina que não sabe esperar a hora do parabéns, e vê na mesa de docinhos um bom motivo para acreditar que uma alegria, ou um brigadeiro fora de hora, não faz mal a ninguém.

Sim, já não sou mais menina. Aos quase trinta, sinto ainda um alvoroço que vem não sei de onde, e como Ema na adolescência, ou Adélia Prado aos quarenta, sigo dizendo:

– "Não quero faca nem queijo. Quero a fome."

Felicidade

Não tem receita
Aprende tentando, quebrando a cabeça
E o ponto é incerto
Mas não tem segredo, é só mistério.
É também coisa clandestina, secreta e íntima
Não faz morada
Se refugia, estala, dá e passa.

Problema é quando a gente tenta amarrá-la
E mete na cabeça que tem que ser.
Aí, não existe pior cilada.

Sim, miss tem que ser bonita
Palhaço tem que ter alegria
Artista tem que viver a fantasia
Apresentador de TV tem que ser entusiasmado
Mas, feliz de verdade,
Ninguém é obrigado.

Mesmo quando se é o dono dos ovos dourados
Quando são perfeitos no cenário, casa, casamento, carreira e carros
Quando tudo parece ser o oposto do errado
E lhe é imposto um largo sorriso estampado
Ter que ser feliz é um troço complicado.
Ora, se sua maior virtude é ser instável
Ser um imprevisto memorável
Uma surpresa
Um delicioso espasmo

Então, tentar aprisioná-la é preparar para si uma armadilha
Não adianta construir um trono repleto de almofadas
Ela não sabe ficar sentada
Não gosta de gente exigente
Se recusa a ser domada
E não costuma dar o ar da graça quando é obrigada.

É caprichosa e não oferece garantias
Prefere os que por ela arriscam tudo
Desafiam a correnteza, sobem no palco, gritam 'eu te amo'
E compram passagem só de ida para o mundo.

Ela também é gentil, cotidiana e miúda
E estala no perfume da canja e da casa arrumada
No calor do banho, do café, do beijo e da cama
No abraço do filho suado, no pudim que deu certo
No amigo, no chocolate e no caramelo.

Está em você e em mim
Dia não, dia sim.

Em rebuliço, em repouso
Murmurado, exclamado
Na praia, na sorveteria, no silêncio do quarto
Só um pouco ou muito intenso
Pelo lado de dentro.

Para quem comemora diariamente
O contrário da morte
Felicidade é o sucesso da sorte.

Já ou Ainda

2:00 a.m.

Há muito, um cientista de nome Albert provou que espaço e tempo são grandezas intimamente relacionadas. Não sei se é graças a essa teoria, ou se é por causa das coisas e da vida, que cedo pode já ser tarde, e tarde pode ser cedo ainda.

Duas da madrugada é cedo ou tarde para começar a escrever uma história? E para cantar?

Quinze, quarenta, setenta anos de idade, ainda é cedo ou já se faz tarde?

Dizem por aí que sonhos não têm idade. Menos ainda prazo de validade. Então por que João, de 14 anos, não pode ainda entrar na faculdade? E por que será que dona Ofélia, minha professora predileta, não pode mais andar de bicicleta?

Para Cristiane, personagem de um livro que ganhei de presente, já na adolescência era tarde demais. Mas para Iracema, uma pintora amiga da vovó, já beirando os setenta, ainda era cedo e ela precisava de mais experiência.

O livro contava a história de uma menina curiosa, que amadureceu cedo e caiu do pé antes da hora. Já aquela senhora não vê a hora de desabrochar. Quer sair na foto do jornal no dia da abertura de sua exposição de pinturas, na galeria municipal.

Gente não é relógio, nem é peru de Natal que apita quando chega a hora. Não há quem nos diga quando é certo o momento de contrair casamento, ou colocar o filho na escola. É preciso deixar acontecer para saber se é melhor ter coragem, ou medo. Se já é tarde, ou ainda é cedo.

Veja o caso do meu vizinho Tobias, que não via a hora de se declarar para Anita, melhor amiga de sua irmã. Ele tinha medo e não sabia o que fazer direito. Achou melhor esperar. Esperou cinco anos, até o dia do seu jantar de noivado com Julieta. Na hora exata de trocar as alianças, sem querer olhou nos olhos de Anita, que estava sentada na cabeceira da mesa, se atrapalhou, trocou os nomes, perdeu as duas e as estribeiras.

Dizem que não se deve perder logo o medo. Dizem também que se passa da hora, ele não vai mais embora. Fica ali encruado e se transforma em receio, um monstro manso e enorme que devora a coragem e vomita punhados de infelicidade.

Acho que foi por isso que preferi ser assim, precipitada. Desde pequena, achava que errar porque ainda era cedo, podia ter lá alguma vantagem. E que o pior mesmo seria descobrir as coisas quando já fosse tarde. Talvez isso explique a razão de ter começado a escrever ainda esse instante. Minha nossa, já são duas e quarenta e nove!

Não vou me amolar com o adiantado da hora. Tsc, não é nenhuma novidade: para meus pensamentos fugazes, amanhã bem cedo podia já ser tarde.

Desejo premente ou No Satisfaction

Certa vez, eu ouvi dizer que a posse é o túmulo do desejo. E que para cada desejo morto, morremos nós também um pouco. Verdade. Vivemos em busca de satisfazê-lo sem nos darmos conta de que depois de conquistado, morto e acabado, é preciso dar vida a um outro, que ocupe logo aquele posto.

Ora, só mesmo insatisfeito é que a gente tem coragem – ou seria peito? – para arregaçar as mangas, enfiar o pé na porta e fazer o que tem que ser feito.

Já passava das duas, e a madrugada nas alturas perfurava o peito de Clarisse. Enquanto o ronco das turbinas martelava sua cabeça ressaqueada, seus insistentes olhos abertos reviam as cenas que se projetavam na escuridão que encharcava a lataria do avião. A mão forte e adormecida, que segurava a sua, era do homem com quem reviveria pra sempre aquela história.

Tudo se passou na noite anterior. Numa madrugada barulhenta, seu coração inflado por uma taquicardia frenética anunciava que aquele gozo mataria seu desejo bem ali, diante de todos, no meio do salão. Sabia que em questão de poucas horas seu sonho estaria realizado, satisfeito, morto e acabado. Sabia que seria intenso e maravilhoso. Sabia que tanta alegria quase lhe explodiria o peito, e pequenos botões de pérola rolariam pelo chão. Sabia que a enchente nos olhos causaria estragos definitivos à sua maquiagem. Sim, ela sabia, mas nem tanto saber a preparou para o fim.

Quando a banda parou e as luzes se acenderam, Clarisse pôde perceber que muitos já haviam partido e que apenas seu melhores amigos ainda estavam ali. Que seu vestido de renda já não era tão branco, que seus cabelos já não estavam mais presos e o pior: que seu buquê já não era mais seu, uma prima do interior o havia agarrado com loucura. Então, finalmente percebeu que entre aqueles últimos bêbados descalços jazia seu sonho, morto de tanta satisfação.

A espera por aquele momento foi por dois anos, sua fiel companheira e esteve ao seu lado, fazendo-lhe comer as unhas e morder os lábios, em todas as horas de seus dias, mesmo enquanto dormia. E então, acabou-se o que era tão doce. Era o final da festa. A morte da espera. Agora a lança afiada da realização exibia, para o alto e estendida, a sua conquista. Restava, então, o orgulho despejado sobre seu corpo suado que, debaixo do vestido rasgado e encardido, dançava os últimos passos da dança póstuma do sonho realizado.

Nota: dia desses recebi um e-mail de Clarisse que dizia estar feliz e cheia de vida. Que mora numa casa branca, mas vai pintá-la de amarelo; que engordou quatro quilos e vai entrar na academia; que sonha em abrir um restaurante e largar o emprego de engenheira, e que, finalmente, decidiu estudar gastronomia.

Na verdade, Clarisse é como eu, e Mick Jagger, que, apesar de dramáticos, acreditamos no poder mágico da insatisfação.

Sim.

Tudo no mundo começou com um 'sim'.
Uma molécula disse sim a outra molécula e nasceu a vida.
(PRIMEIRA FRASE DE 'A HORA DA ESTRELA',
DE CLARICE LISPECTOR.)

Abria pela décima vez a pesada porta de mogno do seu guarda-roupa e, como se contemplasse o interior de uma geladeira vazia, resmungava e excomungava todo seu conteúdo. Estava sentindo fome de vida.

Naquele sábado aconteceria a tradicional festa de fim de ano que a empresa oferece para clientes e fornecedores. E, dessa vez, Letícia, que estava disposta a abrir mão de seu correto paletó bege-tédio, decidiu que iria causar, uma qualquer coisa que tivesse consequência, mesmo que fosse um incêndio.

A beleza não figurava entre seus predicados, mas ela tinha potencial. Sabia porque o Paulão, seu vizinho, sempre que a encontrava no elevador aos domingos, subindo molhada da piscina só de toalha e biquíni, sussurrava com malícia: "quanto potencial." Coisa que ela fingia não ouvir, mas se deliciava todas as vezes.

Letícia era cheia de pequenos detalhes: tinha cabelos de fogo e seios fartos, uma tatuagem desbotada nas costas e sardas nos ombros. Artifícios que, depois do divórcio, só usava mesmo para ouvir o elogio malicioso de seu vizinho no elevador de serviço do condomínio.

Na empresa, o posto de funcionária exemplar, com uma gorda carteira de clientes, e nenhum tempo para si, lhe conferiam a feminilidade de um grampeador. Era o absoluto oposto da sorridente Gisela do RH, que trabalhava por esporte, e cuja maior ambição existencial era manter seu percentual de gordura próximo de zero. Vivia mostrando seus dentes branco-neve emoldurados por lábios vermelhos, para todos os funcionários da empresa, especialmente para Antônio –solteiro, gerente de departamento, e único mortal do sexo masculino que figurava como possibilidade de romance, ou sexo casual, nos pensamentos de Letícia.

Curioso. Foi ali, diante de seu guarda-roupa que uma fatídica conclusão acertou-a como uma bala, tudo que a devoção pelo emprego lhe trouxe, além de um par de olheiras, culote e um divórcio, foi mais e mais trabalho.

Bateu as portas do armário com decisão, apanhou as chaves do carro e partiu, contra todos os seus princípios, em direção à butique na qual jurou que jamais gastaria suas economias.

Logo na entrada, viu um vestido de fazenda estampada e corte enviesado, pediu a vendedora um exemplar no tamanho 40. Entrou num amplo provador e ouviu a moça do lado de fora oferecer uma taça de champanhe – eram três da tarde, mas não se fez de rogada, limitou-se a dizer 'sim, obrigada'.

– 'Sim, sim, sim', falou baixinho fitando seu reflexo empinado e colorido, erguendo uma taça de champanhe cintilante. Gostou do que viu e sentiu. Pagou com desapego o preço da autoestima e pendurou-o em seu armário como quem põe uma recém-preparada torta mousse para gelar.

Às nove da noite, pronta como um bombom de morango, entrou num táxi, tirou da bolsa de mão um pequeno espelho, conferiu a maquiagem e a brancura dos dentes da frente. "Pode aumentar o rádio?", pediu ao motorista. Sentia ansiedade, pressa e frio na barriga. Pensou na emoção de luxo do dia em que transou dentro do carro no estacionamento do aeroporto. Suspirou. Viu pela janela um casal discutindo na porta de um bar. Depois, um bêbado gritando na portaria de um prédio. Precisava se acalmar. Pensou no Paulão. Enfiou a mão pelo decote e reacomodou um seio, depois, o outro. Percebeu o olhar indiscreto do motorista pelo retrovisor. O carro parou.

O motorista acendeu a luz. Letícia apanhou um cigarro.

Você quer fogo? – ofereceu o taxista.

Sim.

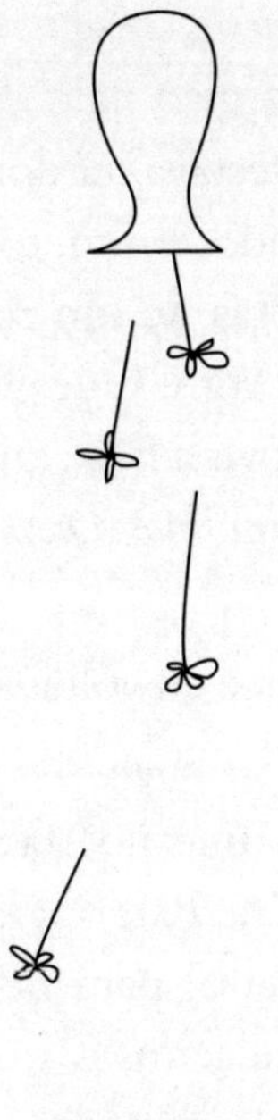

É ruim, mas é bom

Quando era menina detestava ter dor de barriga. E que aquela dor tinhosa só passava quando, enfim, tomava meio copo de uma água amarelada pelas 30 gotas de um remédio amargo - um tal, chamado Elixir Paregórico. Argh! Que gosto horrível tinha aquilo. Ainda pior do que isso era ouvir a frase que todas as vezes se repetia *Toma tudo, menina! Isso é ruim, mas é bom. Você vai ficar melhor, vai ver só*. Era verdade.

Logo, logo a dor passava e eu voltava correndo para a praça, e para o ataque no jogo de queimada.

São diferentes as dores que nos fazem parar a vida, o jogo ou, como queira, a brincadeira. Parar para tomar remédio ou uma atitude. Para ter uma conversa, para fazer um desabafo ou, até quem sabe, pra dar um esculacho. É que quando dói, é preciso dar jeito, tapar o nariz, botar o remédio pra dentro, sentir o gosto amargo descendo e esperar, confiante, por uma recompensa adiante. Sim, porque depois que tudo melhora, a parte boa do que era ruim se encarrega de limpar até mesmo a nossa memória.

Assim é pedir demissão do emprego que já não se suporta; terminar o namoro que vinha dando desgosto; vomitar a comida que estava estragada; despejar sobre a mesa a verdade guardada; operar as válvulas do coração; tomar uma injeção; pedir desculpas ao irmão; dar um telefonema de madrugada; confessar uma grande paixão; sacrificar o cachorro sem salvação; passar um mês comendo só salada; acordar cedo para enfrentar a malhação; dizer um não; dar uma bofetada; e tantos outros males que machucam na hora. Mas depois aliviam, trazem melhora.

Desde criança ouvimos, como consolo, que certos males vêm para o bem. É preciso crescer para compreender esse paradoxo. Ora, como explicar para o pequeno Pedro que a mudança para outra cidade era um mal que faria bem? Para o menino não importava se seu pai receberia um melhor salário, ou se a casa seria maior ainda. Pedro só pensava na saudade dos amigos, da professora, do time de futebol e de Larissa, sua melhor amiga.

Trinta anos mais tarde, Pedro que já foi filho rebelde, e hoje é pai de um moleque atentado, sabe que certas escolhas demandam atitudes. E que, seja para curar, aliviar, ensinar, aprender, melhorar ou transformar, algumas gotas de um certo elixir amargo podem se fazer necessárias – mesmo que tenham de ser tomadas goela abaixo. Por isso, todas as vezes que seu filho Tiago sente dor de barriga ou faz algo de errado, Pedro explica que nem tudo que é doce faz bem, mas o que salva, normalmente, amarga. E assim, balança bem o copo com aquela água amarelada, pisca o olho pro menino, e diz sorrindo *É ruim, mas é bom. Vai, toma tudo numa golada.*

Meu zelador

Acho que posso dizer que sou uma pessoa ecológica. Preservo, sobretudo, minha própria natureza. Acredite. É senhor de mim um zelador amoroso, que faz a ronda e protege meus pressentimentos, medos e arrepios. O nome dele é Instinto.

Não há quem o faça podar uma nova ideia – seja ela frutífera ou não; nem quem o faça arrancar uma angústia daninha que possa estar brotando no chão. Como disse, o Instinto é um senhor cauteloso, quase turrão, que cuida, sem discriminação, do mais verde pensamento, a mais madura intenção.

Em mim, não se desperdiçam emoções. Ora, onde já se viu aparar os galhos do coração; fazer queimada no que se sente; ou assistir ao franco desmatamento dos sonhos da gente?

Preservar a própria natureza pode ser um ato de coragem, ou de amor, como queira. É preciso encantar-se pela própria simplicidade. Ter certeza de que, na verdade, sabemos somente o quão pouco se sabe – já que o tamanho da dúvida cresce proporcionalmente à quantidade que se aprende.

Lembre-se, convictos são aqueles que não estudaram o assunto plenamente. Sou cheia de convicções. Há muitos assuntos que me agridem, desmatam e devastam, e são exatamente esses os que não figuram entre meus planos de estudo, ou conhecimentos futuros.

Desculpe, mas não quero saber o que pensa você sobre mim. Esse é o tipo de mistério que prefiro não compreender.

Me protejo também de algumas outras verdades. Como ensinou Machado de Assis: *a verdade é coisa que sai do poço sem indagar quem se acha à borda*. Atropela, engole, esfola. E assim, por medo, ou insolência, sobre absolutas verdades, tenho bem pouca curiosidade.

Há também certas regras, pessoas, lugares e histórias que não me atrevo a conhecer. Tenho medo de gramática, de hospital, de gente invejosa e contos macabros; de regras de dieta; da origem dos enlatados; da cozinha daquele restaurante; e dos detalhes do seu passado. É isso, por absoluto amor a minha natureza, com esse tipo de coisa, evito contato.

Finalmente, se Deus nos presenteou com um fiel zelador – ou, se preferir, com um impulso involuntário, alheio à razão, chamado instinto ou intuição – por que, então, desperdiçar esse cuidado? Por que se esforçar para viver tal qual o outro possa julgar ideal? Ora, todo mundo sabe que só a natureza tem força espontânea. O resto é forçado, artificial.

Essa menina

Me chamo Eduardo.

Todos os dias eu a espero passar por aqui.

Eu espero sentado.

Quando ela anda, mexe os braços em vez dos quadris.

Amarra os cabelos sem usar elástico.

Não usa perfume importado, mas tem cheiro de flor e um gosto raro.

É azeda e doce, dentro do mesmo momento. Do jeitinho que era aquele chiclete de goma rosado que a gente mascava, um atrás do outro, no cinema e que, muito infelizmente, não está mais à venda.

Ah, ela é, sobretudo, um delicioso trago.

É sempre, muito, tudo e misturado.

Ela é o tumulto do show de rock, o calor da areia da praia, e o suor no pé do cabelo que molha os dedos da mão que passa, no meio do beijo, no meio da praça, na volta final do bloco de carnaval.

Ela ocupa espaço.

Quando dança, roda a saia, bate palma e canta alto.

Oferece sorrisos e a mão, mas pra quem sabe pedir, ela também dá o braço.

Mais tarde, vai tirar os sapatos e se você, por acaso, ainda estiver calçado, vai ouvi-la pedir que deixe os seus também de lado.

Fala muito, e para todo lado, e pode ser desbocada, se necessário. Não que lhe falte elegância ou respeito, mas é que ela acredita no fato de que a força do que se pensa também se frui através dos lábios.

E sempre foi assim, é intensa de nascença.

E toma cerveja, uísque, caipirinha. E faz bagunça. E ri à toa. E é atrevida.

Muda várias vezes ao dia. De ideia, de humor e de roupa.

Aprecia cada pequena coisa de que é feita a vida. Valoriza cada palavra que couber numa alegria, ou numa ferida. Mas, como também a lua varia, há dias em que ela fica estupidamente introspectiva.

Ela é mesmo assim.

Quanto a mim, que não sou bonito nem feio, nem covarde nem corajoso, sei dizer que espero. Espero como quem se prepara para conhecer, no mesmo momento, o céu e o inferno. É que se um dia a vida, enfim, achar por bem nos fazer namorados, então estarei condenado.

Jurado pra morrer da dor de saber que só minha, e para sempre, ela jamais vai ser.

É como disse, essa é uma menina de gosto raro. É azeda e doce dentro da mesma mordida, complexa em cada pedaço. E tanto engorda quanto mata sujeitos como eu, irremediavelmente apaixonados.

Feche as gavetas

Tem coisa que a gente procura sabendo que não vai encontrar. Faz pelo alívio de ter tentado.

Ah, como a gente tenta. E abre e fecha centenas de vezes a mesma gaveta.

Revira tudo. Procura daqui, remexe dali. Como se sabe, até uma laranja se espremida ao máximo se torna amarga. E, assim, chega a hora em que o cansaço faz a gente se sentir derrotado.

Mas derrota não é bem a palavra. Ora, também é procurando isso que se encontra aquilo. Faz parte do jogo. Ter sorte é mirar no que se enxerga e acertar no que estava escondido. Tanto melhor, portanto, valorizar o que a sorte conceder em vez de maldizer o que não foi repartido.

Nisso eu acredito!

Cecília, por exemplo, era uma moça obstinada que procurava o amor por todos os lados, em cima, embaixo, e em cada canto. Até que um dia, sem querer, ela foi encontrada por uma certa coisa torta que não se parecia com o que ela queria. Veja você, apesar de estranha, essa tal coisa lhe trazia baldes de alegria.

Contudo, a desconfiada Cecília achou que aquilo podia ser uma armadilha que a tiraria do rumo, ou a faria perder a trilha.

Então ela desistiu. Deixou aquilo pra lá. Abriu mão da coisa que era torta, apesar de deliciosa, e voltou a abrir gavetas.

Abriu tantas e de tantas maneiras, que começou a sentir o cansaço. Procurou tanto e teve tanto trabalho, que a laranja ficou amarga, e ela passou a admitir, como melhor recompensa, o alívio de ter tentado.

Infelizmente, Cecília não era esperta. Não soube enxergar preciosidade no tesouro torto que havia encontrado. Ao contrário, fez questão de deixá-lo. Ah, pobre menina. Ainda não sabia como o amor se escondia. É disfarçado por entre nós que ele caminha.

É, o amor é torto e atrevido. Às vezes se enfeita de ouro, noutras se cobre de piche. Ele aparece para poucos, mas jamais para quem dele duvide. Por isso, se você já sabe que vai achá-lo mais cedo ou mais tarde, pare já de procurar.

Feche as gavetas.

Fique onde está. É ele quem, disfarçado e, de repente, vai te encontrar.

Halls preta

Ela, rio bravo. Ele, seixo rolado.

Desligou o telefone, bateu uma gemada, pôs uma pedra de gelo e tomou num gole só. Debruçou-se na janela e ficou vigilante, esperando ela chegar.

Tudo em seu corpo era denúncia, o bafo de ovo, os óculos embaçados, o frio no pé da barriga, o suadouro e a respiração ofegante. Achou melhor chupar um Halls.

Luiza era uma velha amiga dos tempos de escola. Naquela tarde, tinha telefonado para pedir emprestado o Vade Mecum de Medicina. Aurélio, sem demora, se prontificou para levar o livro até sua casa, mas, ela, metida, recusou a oferta dizendo que preferia fazer-lhe uma visita.

Em pânico, Aurélio agora estraçalhava com os dentes, uma por uma, o pacote inteiro de Halls preta enquanto aguardava o desfecho de mais um encontro com Luiza, um rio caudaloso que sempre o fez rolar.

No maternal, enquanto ainda eram pequenos, Aurélio sofria recorrentes ataques da menina, que o escolhera para afiar os dentes. Quase todos os dias, quando dona Norma ia buscar o filho, a professora a esperava no portão para dizer que, infelizmente, a pequena Luiza o havia mordido outra vez. A escola já havia tentado separá-los de turma, mas durante o lanche, ou quando os alunos se reuniam no pátio, a menina aproveitava e lhe mordia o braço, ou a bochecha.

– Mas na bochecha? – dona Norma reclamava aflita com a professora.

– Não sabemos o que acontece, é magnético, quando a gente vê, os dois já estão juntos e, aí, já era. Ela morde mesmo. Olha, dona Norma, a senhora sabe que o mais curioso é que ela não morde nenhuma outra criança? É só ele mesmo.

Em casa, dona Norma tentava convencer o menino, todo roxo na bochecha, de que aquela era uma forma de carinho especial; que Luiza gostava mais dele que dos outros e que as mulheres eram mesmo assim. Às vezes, fazem tudo ao contrário.

Certa vez, quando já pouco mais crescidos, na aula de Educação Física, a professora disse que haveria um sorteio para as duplas da festa junina. Com duas sacolas de feltro azul na mão, de um lado tirava o nome de uma menina e na outra o nome do par masculino.

– Luiza e ... – fazia suspense a professora.

A menina deu um suspiro de ansiedade e juntou as duas mãos em prece.

– Aurélio!

Como se tivesse visto assombração, Luiza deu um grito de horror e saiu correndo pela quadra até ser apanhada pelo braço. Voltou chorando e, aos soluços, foi obrigada a pedir desculpas diante dos outros alunos. Humilhado, mas satisfeito com o acaso, Aurélio ajeitou os óculos, e ouviu, cabisbaixo, o rebelde pedido de desculpas da menina.

O tempo passava e eles cresciam, mas Aurélio seguia sendo seu alvo predileto. Sentia vergonha de confessar a quem quer que fosse, mas sabia que quanto maior a perversidade de Luiza, mais alta labareda se tornava sua paixão. Como bálsamo de vinagre para ferida aberta, a imagem de Luiza fazia seu corpo latejar, e todo seu sangue em reboliço o fazia sentir-se mais vivo. Obscuro poço é o coração.

Mais tarde, quando veio o vestibular, os dois, que prestariam o exame para Medicina, passaram a se entender melhor. Ele era só atenção às suas dúvidas e ela o retribuía com deboche e assanhamento.

Todas as tardes, depois do estudo, Luiza lhe mordia os lábios na escada de incêndio do prédio e confessava loucuras. No cursinho, no dia seguinte, ele louco, latejante. Ela, puro desprezo, fiel à tortura.

Satisfeito com o arranjo secreto e certo quanto ao que lhe disse sua mãe sobre as mulheres, Aurélio foi levando como pôde. Até que, no primeiro período da faculdade, Luiza deu início a namoro firme com um veterano e esqueceu das tardes de dúvidas e retribuições.

Vez ou outra, Luiza telefona e, usando desculpa sem requinte, se oferece para ir até seu apartamento. Ele entregue, nem tenta lutar. Oferece na bandeja seu próprio juízo e deixa a garota judiar.

A campainha tocou. Aurélio atrapalhado abriu a porta para uma Luiza mulher, que sorria maliciosa e linda, dourada em pele de ouro velho e cabelos amarelos. Na boca gosto de sangue e Halls, no peito, artérias e veias em desconcerto. As pernas bambas e a recorrente constatação, ela, um gigante. Rio bravo, seu tormento, antiga paixão.

Luiza, de tudo o mais, a melhor judiação.

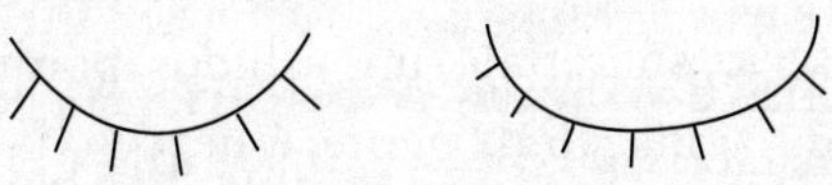

Meu negócio

Meu negócio é fazer de conta.

Antes que comecem a mal interpretar essa declaração, quero, aqui, fazer uma separação: faz de conta não é pura mentira – da mesmíssima maneira que charme não significa beleza.

São coisas distintas, ora veja.

A mentira e a beleza sorriem por compromisso. São coisas declaradas e impostas. Não deixam manobra para criação e, ainda por cima, têm bafo de perfeição, é negócio de "miss" e de político sem vocação.

Já o charme e o faz de conta, ah, esses têm outro tipo de intenção. São sedutores irresistíveis, como gatos ladinos que pisam macio. São, sobretudo, uns sabidos, porque usam o talento para atiçar a imaginação da gente, é negócio de atriz, ator, poeta e jogador.

Com o tempo, a mentira cai e a beleza evapora.

Já a magia de uma boa história e o carisma de uma pessoa charmosa, ah!, esses jamais vão embora, ao contrário, sobrevivem além do tempo e do espaço, dentro da nossa memória.

Eu tinha seis anos, mas me lembro como se fosse hoje do dia em que meu pai apanhou o telefone, discou seriamente alguns números e, diante dos meus olhos, começou uma conversa com ninguém menos que Papai Noel.

– Alô, Papai Noel? Aqui é o pai da Maria. O que ela quer ganhar de Natal? Acho que ela não vai querer nada não. É, ela não está querendo almoçar, e também não arrumou a bagunça que fez na sala.

E eu, enlouquecida, dava gritos de alegria, enquanto

prometia raspar o prato de comida e começar já a arrumação.

– Ah, espera. Acho que ela mudou de ideia. Papai Noel, o senhor pode trazer a bicicleta de rodinha, então?

Nunca vou esquecer o orgulho de ter um pai que sabia o telefone do bom velhinho.

Pois bem, assim como meu pai, outros charmosos também me seduziram com boas histórias que, feito mágica, me fizeram sonhar acordada.

Por isso, confesso, na tentativa de seduzir sua atenção, ou quem sabe um dia invadir seu coração, eu faço mesmo é de conta.

Às vezes sou essa, noutras aquela e, de vez em quando, também faço de conta que sou eu mesma – seja aqui, enquanto escrevo, seja na vida, escolhendo viver cada dia de um jeito.

Se me explico com desembaraço, faz de conta que eu sei o que faço. Se digo o que penso com esse meu ar insolente, faz de conta que sou valente. Se debocho da beleza, preferindo o charme e seu mistério, faz de conta que eu não a quero. Se com a mentira esculhambo, e com dedo em riste a aponto, faz de conta que eu não a conto.

Portanto, viva a imaginação, pai do faz de conta, cria do charme e da sedução. Viva o poder de imaginar que poderia haver sempre mais do que realmente há. Viva, enfim, o poder da criação que é, além do meu ganha-pão, meu negócio, e minha paixão.

Meu nome é uma palavra

Querida Maria,

Vou fazer toda a diferença em sua vida agora, apesar de na aparência ser apenas um abstrato substantivo.

Daqui, do alto da minha importância, enxergo sua cara fechada pela angústia que te consome.

Chegou a hora.

Não sei se devo, mas quero te dar um conselho que é melhor que consolo: aproveite a ventania que te apavora para respirar fundo, fechar os olhos e encher o peito de fôlego.

Não tem jeito. Você cresceu e agora precisa descer. Escolha um lado do muro e coloque os dois pés no chão. Mas, vou logo dizendo, venha preparada. Uma vez em terra firme, será preciso correr um bocado.

Sei que tenho a péssima fama de vilã, mas, acredite, não sou má, pelo contrário. Não, não estou dizendo que vai ser fácil. Aliás, como se sabe, qualquer coisa dessa natureza é pra lá de complicado.

É engraçado, farejo daqui o seu medo.

Tsc, pudera, sua matéria é fraca. Feita de água, pele, carne e sangue. Aliás, no ser humano, consistência é o que de menos há – tem lá um tanto nos ossos, um pouco nas unhas e outro tanto nos dentes. De resto, é pura inconsistência, desde a matéria molenga, passando pelas ideias mutantes até os contraditórios sentimentos.

Sei que para enganar a própria fragilidade e se proteger, sabe-se lá do quê, te ensinaram que é preciso fincar verdades sólidas ao redor de si e construir uma cerca tão alta e tão forte que garanta abrigo – mesmo sob o risco de não conseguir jamais sair dali.

Portanto, antes de descer do muro, olhe bem para os dois lados e perceba qual deles te mete mais medo. Procure entender esse óbvio sinal, acredite no barulho que vem do peito, debaixo dele mora uma bomba violenta escondida sob um músculo vermelho.

Saiba ainda que, pra lá ou pra cá, esse ou aquele, Medicina ou Comunicação, doce ou salgado, esquerdo ou direito, não importa. Serei sua de todo jeito.

Acertando ou errando, caminhando ou tropeçando, serei sua, ainda assim. Estarei lá, fincada no chão. Sempre sua.

Meu nome é palavra a ser tomada. Eu me chamo Decisão.

Vencidos

Beijem-se, façam as pazes antes que o dia termine, e vivam para lutar um outro dia.
RANDOLPH RAY

Segunda-feira. Então você acordou bem mal-humorada, sem nenhuma inspiração. Como sair para trabalhar de camisola não é opção, você é obrigada a abrir as portas do armário e arrancar do cabide a velha camisa branca amarrotada. Depois, ir até a sala catar o jeans que ficou jogado no sofá desde sábado, e calçar o sapato com o salto mais rasteiro que encontrar. Sim, porque nesse dia seu projeto secreto é rastejar.

Só de pirraça não passa perfume, não penteia os cabelos, não passa batom, não quer se enfeitar. De coque, dentes mal escovados, calça, camisa e rasteiros calçados você está na portaria do prédio da firma, parada em frente à porta do elevador. Quando ela se abre, revelando os passageiros apanhados na garagem, lá está ele, seu ex-namorado. É da vida. ela é vingativa. Basta se fingir de morto e ela quer te pegar.

Lindo. Perfumado, penteado e, o pior, bem-humorado ele diz:

– Bom dia. Bom te ver.

– Bom dia. – diz você, olhando para baixo como quem procura no chão um buraco para se esconder.

Vocês estão lado a lado, e ele, sussurrando num tom desembaraçado, diz a frase que há dois meses você sonha escutar – só mesmo para ter a oportunidade de negar.

– Vamos almoçar hoje? Você já tem companhia?

Você está desarmada e balança a cabeça abaixada de um lado paro o outro, fazendo que não.

– Vamos juntos, então?

E era essa a deliciosa hora de dizer um sonoro não, mas, a porta do elevador se abriu, sua força tomou Doril, e você saiu dizendo em voz baixa:

– Depois a gente se fala.

Assim, a manhã passa e você não para de pensar no que vai falar quando o bendito telefone tocar. No fundo, você sabe bem o que deve fazer. Dizer não, e dizer rápido, sem muito entusiasmo ou explicação.

Tic-tac. Já é uma da tarde. Ele está atrasado e sua fome começa a bater. Você se pergunta por onde anda sua coragem, ou vergonha na cara, que ainda não a fez apanhar a bolsa e descer para almoçar sozinha na cantina – da exata maneira que deveria ser.

Aí, então, você apanha um batom emprestado, passa na bochecha e nos lábios, penteia os cabelos de lado, respira bem fundo, e mais uma vez odeia o típico descaso daquele finado namorado.

É quando o telefone toca. Enfim, chegou a hora do combate.

Você se sente como quando na escola a sineta tocava indicando que o tempo acabara, era hora de parar de escrever, pôr o lápis de lado e entregar a prova.

O telefone ainda toca.

Você diz alô! Como um martelo que bate no prego.

– Nos encontramos na portaria? Vamos no meu carro? Você prefere massa ou salada?

– Augusto, eu não sei...

– Então a gente decide no caminho. Te vejo lá embaixo. Tchau, um beijo.

Minutos depois você está sentada na mesa do Palácio das Massas, com os braços cruzados sobre a tolha xadrez estampada, ouvindo ele fazer inúmeras graças e dizer, entre risos e piadas, que sente sua falta.

Muda, mal vestida e vencida pelo próprio, e mole, coração, no caminho até o carro vocês já estão de mãos dadas. Ele te encosta no capô, passa a mão pelo seu rosto, e você nada. Não consegue arrancar do peito força para uma reação. Assim, ele te beija e vocês voltam para o trabalho.

O dia acaba. Derrotada, você está no ônibus se arrastando de volta para casa. Senta um bêbado ao seu lado e te pede um cigarro. Você não fuma. Ele se levanta, xinga o trocador de veado e cai novamente sentado, dizendo que aquele era o pior dia de sua vida. Que era um homem bom, e não merecia perder o emprego no dia que descobriu que estava sendo traído. E, chorando, o bêbado te pede um abraço.

Como não sabe se pior veneno para um dia sem graça é beijar um ex-namorado ou beber um litro de cachaça, num surto de coragem, você o abraça apertado.

Homem de gardênia

Eu estava irada. Cheia de livros, sacolas e um bendito casaco, que teimava em cair no chão, rodopiando feito louca num cruzamento movimentado. Pra lá e pra cá, eu acenava para todos os táxis que passavam com os poucos dedos livres que me restavam.

Depois de quase meia hora daquela mímica inútil, já tonta, e sem esperança de ser resgatada daquele calor improvável, abaixei a cabeça, desanimada. Foi quando magicamente um táxi prateado parou bem na minha frente, me fazendo sentir o alívio dos pés recém-descalços.

Quando bati a porta do carro, fui lambida pelo ar gelado e tragada por um cheiro inenarrável, desses que fazem a gente inspirar fundo. Fundo até esquecer do mundo.

Não era o cheiro do motorista; nem de um sachê qualquer que pudesse estar pendurado; não era perfume importado; nem cheiro de hálito mentolado. Aquele era um cheiro exótico, ou melhor, exato.

O painel do carro estava repleto de flores brancas instaladas nas saídas do ar-condicionado. Elas eram gardênias que, segundo o taxista, haviam sido colhidas no jardim de sua própria casa. Eram delicadezas de sentir e de olhar. Uma elegância que me trouxe a sensação de que valera a pena esperar.

Meu táxi era premiado. Não pelo estofado, pela marca, ou porque era prateado. Mas porque era de um homem que diariamente repetia, por prazer, o delicado esforço de perfumar com gardênias seu instrumento de trabalho.

São admiráveis os homens que têm a coragem de ser delicados.

Sim, é preciso ser macho para falar baixo, para admitir que sofre, que ama, que sonha com amores e que gosta de flores.

Muitos homens seriam grandes personagens se isso não lhes faltasse... Ah, se eles soubessem que nada é mais infalível para dobrar uma mulher irada do que um comando firme, dito de forma delicada.

Mulher é um bicho que já nasce disfarçado – enganamos pela embalagem. Por fora, anjos serenos, de voz fina e formas arredondadas. Por dentro, animais famintos, corajosos e impulsivos. Sim, nós mulheres temos força de leão e, ao menos uma vez no mês, um gênio de cão.

O homem, por sua vez, além da máscula carcaça – com pelos no rosto e no peito, ombros largos e voz de trovoada – carrega outras cruéis necessidades. Homem tem que ser forte, firme, sério e potente. Não pode chorar, não pode pedir descanso, não ter medo de escuro, nem ter dor de dente e, ainda por cima, tem que ser um sujeito competente.

Com tanta preocupação, o cartesiano homem pode se atrapalhar com a função de manter a fama de valentão. E, assim, desperdiçar o gosto das maçãs, as cores das manhãs, a beleza dos amores e o perfume das gardênias.

Por sorte, no papel das exceções que querem virar regra, está surgindo um homem menos preocupado com essa fama de machão.

Ah, só não fique esperando por um príncipe encantado.Esse novo homem não é de conto de fada, nem está montado num cavalo branco, galopando em direção ao castelo para resgatar a princesa da torre – mesmo porque, a princesa já deixou a torre faz tempo, e agora anda estressada, trabalhando feito louca, correndo pelas ruas da cidade, abanando com os dedos pelo socorro de um táxi.

Convenhamos, se esse táxi, além de prateado, tiver ar condicionado e for perfumado por gardênias de verdade, colhidas do quintal de casa, ah, então ele é muito melhor que o velho príncipe valente que galopava pela floresta empunhando a espada.

Domador

A potência dessa palavra pode levar ao engano de achar que é ele quem manda de fato. Como se sabe, é claro, não existe domador para o que não é arriscado.

Aplausos aos que domam leão! Neste ofício habilidade é mais importante que determinação. E é por isso que quando vamos ao circo, assistimos emudecidos ao homem que entra na jaula do temível rei da selva, estalando o chicote que traz na mão, fazendo o bicho saltar por entre arcos em chamas e rosnar, para causar impressão.

Talvez a força da natureza fosse a única capaz de lhe impor obediência. Mas na condição de atração de circo, toda sua majestade é dada em troca de carne fresca e suculenta, oferecida pouco a pouco, em estratégicas porções.

A habilidade do domador é, então, se aproveitar dessa carnívora motivação. Sim, é com a fome sendo alimentada que a fera se deixa ser domada. Aliás, sobre essa animalesca condição quase nada é preciso dizer – todo mundo sabe o que a fome de um leão pode levá-lo a fazer.

Portanto, se até o rei da selva tem seu ponto fraco, o que esperar do bicho-homem, que só se difere dos demais porque bebe sem sede, come sem fome, acredita no amor e se entrega de bandeja ao próprio domador.

É que viver uma paixão também requer mais habilidade que determinação. É tarefa perigosa, risco que se corre por vontade. É troca de forças, exercício de sobrevivência, e de vaidade. É dependência espontânea, fome violenta, círculo de fogo. É a faísca da chicotada.

Um deseja, o outro precisa (como dito, com fome o leão não

pula; e sem leão, o domador é nada). Para matar a vontade, um entrega as armas e se deixa vencer. E por pura satisfação, o outro faz o que pode, e grita valente estalando no chão o chicote estridente.

Em ambos picadeiros, no do circo e no da paixão, há sempre muito risco, apesar da diversão. Por isso acredito que amar loucamente é uma insensatez comparável à profissão daqueles que domam leão. É preciso esquecer a prudência, velha amante do medo e da hesitação, reunir toda coragem, e exercitar com afinco a própria habilidade.

Arrisque-se. Apaixone-se sempre que puder. Mas não se engane, como no famoso número do leão, não é garantia nenhuma ter o chicote na mão. Como todo mundo sabe, o domador entra na jaula tirando onda de valentão, mas basta dar a louca na fera, para ele ser devorado inteiro. Sob os olhares impotentes da platéia, bem no meio do picadeiro.

Preterida alegria

Tem coisa que só acontece aos desprevenidos.

Não, não estou falando dos que andam por aí sem dinheiro no bolso, mas daqueles que enfrentam o cotidiano desarmados de preconceitos, mágoas ou grandes expectativas.

É que todas essas armas, ou armadilhas, destroem a singeleza que pode ter a vida.

Eu sei, o brilho do dia a dia bem pouco cintila, mas há nele um quê de purpurina que, como dito, só enxergam os desprevenidos.

Margarete, por exemplo, tem a vista embaçada. Seu medo é o culpado disso. Sente medo da intimidade, e evita demasiado contato com seus poucos amigos; tem também medo de viajar sozinha, prefere a tediosa companhia de uma velha tia; e tem, sobretudo, medo de ser traída, por isso, de tudo e todos, ela desconfia.

Certo dia, Margarete lia um livro sentada sob o abrigo do ponto de ônibus. Chovia cântaros, mas ela não se incomodava, a leitura era tão divertida que a fazia rir sozinha. Por sorte, naquele dia ela estava desprevenida.

De repente, um rapaz, usando uma capa de chuva amarela, sentou-se ao seu lado e, tendo achado graça na simpatia da moça que sorria, exclamou com alegria:

– Mas que belo dia!

Margarete ficou tão desconcentrada por aquela frase sem sentido, que tirou os olhos do livro para ver a cara de quem a tinha dito. E ele, esfregando as mãos para espantar o frio, disse sorrindo:

– Para os patos! Para os patos, hoje é um lindo dia!

Normalmente, Margarete não acharia graça nenhuma

naquilo, mas, como disse, ela estava desprevenida, e soltou uma deliciosa gargalhada. E assim, entre risadas, se apresentaram.

Primeiro ele disse que seu nome era Fabrício, mas que todos o conheciam como Bito; que era cartunista e morava em Goiabeiras. Depois foi ela quem disse que se chamava Margarete, que nunca teve apelidos, que era enfermeira e que também morava em Goiabeiras.

Tendo achado graça no jeito menino de Bito, ela fechou o livro. Por causa da chuva, o ônibus estava atrasado, mas eles nem se importaram. Conversaram um bocado, trocaram telefones e olhares interessados.

Quando desceram no ponto central do bairro, ele a acompanhou até a padaria, onde, juntos, bolaram a ideia de cozinhar um capelete. Dali seguiram para casa de Margarete, e, enquanto ela colocava a panela cheia d'água no fogo, Bito roubou-lhe um beijo ansioso. Normalmente, e para os padrões da moça, aquilo seria um desaforo. Mas ela estava encantada e deixou-se ser beijada. Fechou os olhos e viu surgir, dentro do escuro de si, uma explosão de purpurina.

Depois da noite do capelete, viviam colados Bito e Margarete. Ele, desarmado que era, encorajava a namorada a ser mais valente e ela, desconfiada como sempre, lhe apontava os perigos de ser tão desprevenido.

Assim, o namoro fluía. Até o fatídico dia em que Fabrício entrou no banho e Margarete fez a ronda de rotina – um hábito terrível, do qual se envergonhava, mas que sua desconfiança lhe impunha todos os dias.

Como um detetive, agia em surdina, cheirando a camisa, vasculhando bolsos e remexendo na mochila. Para sua surpresa, encontrou no bolso de trás da calça do rapaz, um cintilante par de brincos. Ficou pálida, perdeu o chão, sentiu sair pela boca o coração. Guardou de volta os brincos, bateu a porta e saiu rua a fora. Tinha a mórbida certeza dos medrosos, fora traída. Estava certa disso.

Bito ficou ali, assustado, de toalha na mão, ensopando o chão, sem saber por que Margarete havia saído correndo e batido a porta como quem dispara um canhão. Nunca teve resposta para os telefonemas que deu, nem a chance de entregar os brincos cintilantes em forma de gota de chuva que havia comprado na feirinha. Os jogou fora junto com o cartão escrito em letra de forma, que dizia: *A chuva alegra os patos. A mim, mais ainda. A ela devo a sorte de conhecer você, minha maior alegria.*

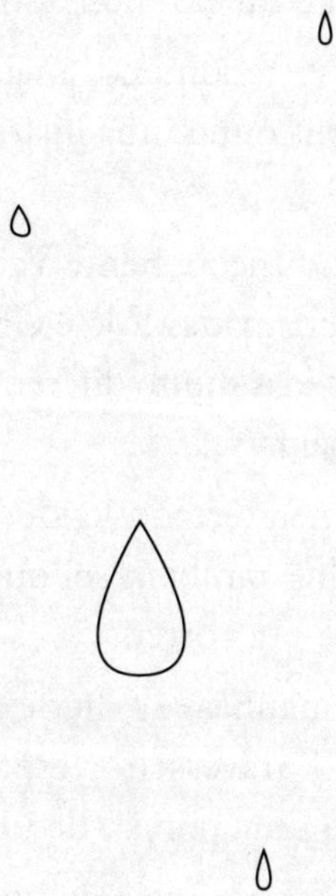

Duas fadas

Você pode até jurar que não, mas vai estar se enganando se disser que nunca teve vontade de ir para o trabalho de pijama.

Não, não estou me referindo aos dias de ressaca, ou à falta de vontade de trabalhar, estudar ou ir à feira. Mas da simples falta de vontade de fantasiar que nos acomete às vezes.

Falo dos dias em que a vontade é comer arroz com feijão em vez de ravióli de brie com nozes; usar Havainas em vez de Jimmy Choo; passar colônia de bebê em vez de Chanel nº5 e sair para o dia com a cara lavada e cabelo molhado.

Para explicar esse fenômeno, mais frequente para umas e menos para outras, vou contar uma história misteriosa que envolve o poder de duas fadas:

Reza a lenda que o Inconsciente Vaidoso é coabitado por duas entidades fantásticas chamadas Filó e Chérie, que apesar de primas de primeiro grau, são fadas muito diferentes, razão pela qual quando as duas se esbarram, sai faísca.

Devo dizer que meu terreno Vaidoso é dominado por Chérie, a fada da fantasia. Mas, também sei que, de vez em quando, Filó aparece e põe a prima pra correr.

Na maioria das manhãs, é Chérie quem me acorda. Sempre serelepe, pulando no travesseiro, espalhando purpurina e me buzinando no ouvido uma porção de ideias.

Nesses dias, o banho é mais demorado, e perfumado, o café mais elaborado e o modelito uma história. Do sutiã ao sapato, todos os elementos têm sua graça, seu brilho e sua parte no conto daquele dia. Pode ser um drama de olhos negros, meias opacas, bota justa e chapéu; ou um romance de vestido estampado, sapatilha dourada e batom rosado, não importa, nos dias em que

Chérie está persuasiva, a gente entra, mesmo, no clima da fantasia.

Porém, há dias em que Chérie já está cansada e aí é Filó, a fada básica, quem dá as cartas. Quando Filó chega mais cedo, ela se senta no travesseiro de braços cruzados e fica só esperando a prima festeira chegar atrasada pra ir dizendo debochada Pas aujourd'hui, ma Chérie! Ou, em bom português, Sai fora, colega!

Pronto. Não tem jeito, quando Filó tá na área não tem história, a gente escova os dentes sem olhar pro espelho, faz logo um rabo de cavalo, ou um coque daqueles, veste a roupa que aparecer primeiro, calça um qualquer sapato e vai embora.

Não, não é mau humor, ou desleixo. É só mesmo uma vontade de curtir nosso lado mais simples e prático.

Diferente de sua prima, Filó, além de básica, é muito discreta. Não é de contar histórias, nem de muita frescura. E talvez, por isso, seja tão mal-interpretada, coitada. Vira e mexe ela é injustamente confundida com a Preguiça, que, por sinal, não é boa bisca e está longe de ser fada.

Como se sabe, meninas, mulheres ou fadas são caprichosas e cheias de vontade. Portanto, não importa qual das duas tome conta do seu pedaço, mais cedo ou mais tarde ela vai querer descanso, aí sobra espaço e pimba! A outra chega e muda tudo, nem que seja por um dia.

Lendas e fantasias à parte, confesso que adoro quando vejo uma amiga básica tendo um dia vaidoso, toda arrumada, maquiada, cheia de borogodó. Ou, quando eu, que sou mais pra Chérie, faço como hoje, relaxo, e me dou um dia de Filó!

Marina a pé

Trocou de roupa duas vezes. Prendeu, soltou e prendeu de novo o cabelo. Mais uma vez, Marina saía de casa atrasada para o trabalho. Como o elevador do prédio estava quebrado, desceu as escadas pulando os degraus e entrou esbaforida no carro. Acelerou até a avenida, mas, para sua tristeza, o trânsito estava parado. Bufou impaciente, deu um murro no volante e, depois, resignada, ligou o rádio.

Trabalhava há mais de três anos na mesma empresa. Já havia comprado um carro e agora, pagava as últimas prestações do apartamento em que morava. Sentia-se próxima do status de realizada. Segundo seus cálculos, a única coisa que lhe faltava era um namorado.

Como não bastasse a mal disfarçada ansiedade que essa falta causava, as tias e primas quando a encontravam já nem a cumprimentavam, passavam logo à pergunta que era, na verdade, um comentário

E, então, querida, já arrumou um bom partido?

Marina sonhava em viver um amor daqueles que nos fazem voar e perder o chão, mas enchia o peito para dizer que não tinha tempo para sair e paquerar porque estava focada no trabalho, preocupada com a profissão. Na verdade, a menina desejava entender por que o amor acontecia para todos, e só para ela que não.

Era bonita, inteligente e sofisticada. Falava duas línguas, frequentava a academia, fazia as unhas e terapia. Tinha 32 anos, bom salário, carro e casa própria. Esperava, desde a adolescência, pela chegada triunfante de seu príncipe encantado. E não só o idealizava como, numa tarde chuvosa, escreveu num papel quais seriam seus imprescindíveis predicados.

Tem que gostar de Almodóvar; de Gaudí e de carpaccio. Falar inglês, ser bem empregado, ter ombros largos e torcer pelo Vasco. Ah, não pode gostar de pagode, nem de pinga, nem de farra.

Desligou o rádio. Estava irritada. Depois de quase meia hora presa no tráfego, ainda gastou vinte minutos dando voltas no quarteirão em busca de vaga. Até que num surto de impaciência achou que não seria problema se, uma vez na vida, parasse o carro na calçada – valia mais a pena tomar uma multa do que uma chamada de Mafalda, que era o clichê da chefe malvada, mandona e mal-humorada.

Marina ainda não sabia, mas há mais de vinte minutos estava desempregada. Arrumou, indignada, suas coisas numa caixa. Se despediu da secretária, desceu no elevador e quando olhou para calçada descobriu que o carro havia sido guinchado.

Sentou no meio-fio e pôs a caixa no chão. Apanhou na bolsa o celular, mas não sabia para quem telefonar. Nenhuma de suas amigas serviria. Seus pais, que moravam no interior, não poderiam sequer lhe dar um abraço e, além de tudo, ficariam arrasados.

Marina desejou como nunca ter um amor ao lado. Queria sentir a força de um abraço apertado e o carinho de um homem que soubesse para onde iam os carros quando eram guinchados.

E foi assim que Marina enxergou o que era evidente. Abriu a agenda e rasgou sua amarelada lista de exigências.

Secreta e muito estranhamente, sentiu-se aliviada por estar desempregada, a pé e desapressada.

Desligou o celular, levantou da calçada, soltou os cabelos e foi experimentar, por um dia, não ser assim tão bem-sucedida, fabulosa, exigente e preparada.

Caminhou devagar pelas ruas para deixar acontecer o que talvez jamais compreendessem suas tias bem-casadas.

Marina foi, a pé, encontrar seu par de asas.

Remédio pra sede

Garganta seca, língua e lábios esbranquiçados. A saliva espessa é uma cola que mantém a boca fechada. No teto, um ventilador barato gira preguiçoso fazendo um rangido áspero. Em seu rosto, uma mosca de olhos coloridos insiste em fazer pouso. É este o quadro, ele está numa sala de espera. Olha para o teto, para o relógio de parede, e apoia os cotovelos na janela. Ele espera.

Ansiado, como um barco pesqueiro para o náufrago solitário; demorado, como um inverno antártico; e decisivo, como o resultado para o examinado, é o remédio para quem não é correspondido, mas está apaixonado.

Essa emoção fulminante que avassala o cérebro, deslumbra os olhos, ferve o sangue e resseca a boca, definitivamente, não é uma escolha. Sobre ela, jamais se decide quando começa ou quando termina. E, mesmo se fosse possível, ninguém em sã consciência escolheria ser acometido por isso, que na verdade, pode ser tão temível quanto a praga do Egito.

Paixão, simplesmente, acontece.

Foi assim que ela deixou de ser uma vizinha bonita, de rosto rosado, cheio de sardas, e mais nada, para ser a razão de sua boca ressecada.

Na noite em o elevador enguiçou e os dois ficaram presos na caixa metálica. Ela, que vinha de uma festa e já tinha tomado duas ou três taças de vinho, tirou o sapato, sentou no chão, abriu um sorriso e o convidou a fazer o mesmo. Ele, apavorado e claustrofóbico, apertava a campainha de emergência, esmurrava a porta e gritava sem parar "seu Adolfo, socorro!" Adolfo era um antigo zelador cujo ronco noturno se escutava, até o quarto andar.

Ela, achando graça do vizinho desesperado, levantou-se, deu-lhe um abraço apertado, e disse baixinho "calma, é só esperar". Ele ficou ainda mais desconcertado sentindo o cheiro doce de seus cabelos dourados, seu hálito deliciosamente alcoolizado, e a força de seus braços delicados. Foi o bastante. Seu corpo inteiro deslumbrado e a boca ressecada anunciavam um quase sádico *já era*. Um homem apaixonado.

Infelizmente, naquela noite, seu Adolfo estava com o sono fraco, e abriu a porta do elevador num só estalo. Infelizmente, ela já tinha um namorado. Infelizmente, ela mora na cobertura, e não no apartamento ao lado. Infelizmente, não se escolhe deixar de ser apaixonado.

Ele espera. Ouve agora o rangido chato, que a vida faz, como um ventilador cansado, transformando o dia em noite e a noite em dia. Já não se incomoda com a mosca, mas, de vez em quando, se dá ao trabalho, e a espanta, só pra mostrar quem é que manda.

Visita a janela até arderem os cotovelos; depois, põe as mãos atrás da cabeça e passeia com os olhos pelo concreto do teto.

Evita olhar o relógio, porque aprendeu que o tempo é manhoso, e não gosta de ser vigiado.

Na antessala da vida, ele espera por ela. Deseja uma chance, uma oportunidade, uma brecha. Sente arder a garganta, e até experimenta outras bebidas, mesmo sabendo que de nada adianta. Ele tem certeza: não adianta refrigerante, refresco, cerveja, nem Gatorade. Só existe no mundo um remédio pra sede.

A vida secreta da gente ou Intimidade

É que desde menina cultivo uma curiosidade sobre essa palavra.

Me lembro de preferir as pessoas que quando chegavam à casa da minha avó, tiravam os sapatos. Com elas, eu e meus primos não precisávamos encerrar a brincadeira na sala. Já quando vovó dava o camando para arrumar a bagunça e ficar bem comportado, a gente sabia que naquele dia, a visita não era íntima.

Com essas pessoas, sem intimidade, era preciso falar baixo, dizer boa tarde e brincar lá fora. Quanto à vovó, que resmungava, mudava de roupa, ajeitava o cabelo e os quadros, era claro, ela fazia de conta que estava à vontade. Era muito simpática e ria até do que não tinha graça.

Assim, com a vovó fazendo sala, eu lá com meus botões pensava *quando eu crescer, e tiver minha própria casa, só vou convidar quem tiver essa tal de intimidade.*

Pois bem. O tempo passou, eu cresci, tenho minha casa, mas ainda não posso dizer que compreendi o verdadeiro sentido dessa palavra.

A curiosidade, contudo, segue intacta. De modo que, anos atrás, passando os olhos pelas prateleiras de uma banca de revistas, comprei um livro fino e ordinário, chamado *Compreendendo a intimidade*. Que na verdade, só serviu para comprovar que a obscuridade sobre o tema é mesmo generalizada. É claro que o livreto começava com a finória frase "É bastante complexa a definição de intimidade".

Ok. Se o verdadeiro significado não está nos livros, nem nas revistas; se não está nos dicionários, nem se aprende na escola, então, estou pra dizer que ela é mágica – no mínimo um fenômeno raro e inexplicável.

Ela é o tipo de coisa que não se sabe, se sente. É um baile descalço, de pijamas velhos e copos desencontrados, uns de requeijão, outros de plástico. É uma luta de almofadas; e uma trégua feita na madrugada, comendo pizza gelada. É passar horas viajando, falando nada e olhando a estrada; ou cantando alto, mesmo sem entender uma palavra, todas as músicas de Bob Marley. É a verdade sobre a mesa, é dividir a mesma lata de cerveja, o mesmo pente, e, eventualmente, a mesma escova de dente.

Intimidade é, portanto, a vida secreta da gente.

Uma magia deliciosa que acontece assim, de repente. Como na hora em que a visita ia embora, e vovó, aliviada, fechava a porta, tirava os sapatos e os grampos do cabelo. Nós voltávamos a brincar na sala, nos estapeávamos pelo último salgadinho da bandeja e a bagunça recomeçava. Vovó, então, ligava a televisão, perguntava quem queria pizza de pão; e a gente, magicamente, voltava a dividir o delicioso segredo de sermos nós mesmos.

Na manhã da vida

A noite sabe de coisas que a manhã sequer desconfia

–Deixa de fazer marola. Acelera esse barco, vambora.

Assim ouviu o menino ao fraquejar assistindo à imensidão unir dentro do mesmo breu o céu e o mar.

Ele nunca soube dizer se é a inquietação que o carrega, ou se é ele quem a carrega. Sabe que quando vê, já está lá, de pé no parapeito do desconhecido, ouvindo a voz do desassossego murmurando em seus ouvidos.

– Coragem, rapaz – diz o velho marujo que bem conhece a vida e o mar.

O menino desconhece quase tudo, especialmente o oceano que é de um tamanho tanto que não acaba nunca, dobra a esquina do horizonte, escorre e vai embora.

O marujo ri, zombando da inocência do aprendiz.

– Toca esse barco. Mais um pouco e o sol vai sair pelando de dentro d'água, deixando-a inteira dourada... O céu azuleja todinho, e o vento sopra branco, mansinho. Aí a gente joga a rede no mar, trabalha, enche esse barco de peixe e volta pra casa.

O menino procura manter-se tranquilo, mas desconfia estar arrependido. Então, recobra de si o porquê de, em vez de estar ali passando frio, não está na cama dormindo.

Não demora e ele ouve de novo a inquietude dizendo "vamos, menino, que dormindo não se aprende nenhum oficio". Ele, então, respira fundo, lambe os lábios salgados, sente no corpo um arrepio, olha para o céu e procura.

Mas a lua não está.

 O marujo acende um cigarro apertando os olhos no deleite

do primeiro trago. Lembra-se do passado, do menino que um dia foi e de quando embarcou pela primeira vez rumo ao alto-mar.

Olha para as estrelas e coçando a barba que estava parecendo uma roça abandonada, pergunta ao rapaz:

– Mas, me diga, de onde veio essa vontade de aprender a pescar?

O menino não sabia explicar. Desconhece ainda o mar, o amor, a vida, seus perigos, segredos e caminhos. Sabe apenas que chegou a hora de aprender, dar a cara pra bater, trabalhar e crescer.

O outro que até pelas estrelas do céu sabe se orientar, que sabe um mundo vivido, carrega barba, bigode e uma porção de histórias, daria tudo para recomeçar... Voltar a ser o menino que desconhecia, entre muitas coisas, também a lua e o mar. Só para ter o enorme prazer de reviver a manhã da vida, quando a única certeza que se tem é a de estar vivo, e nada mais é preciso.

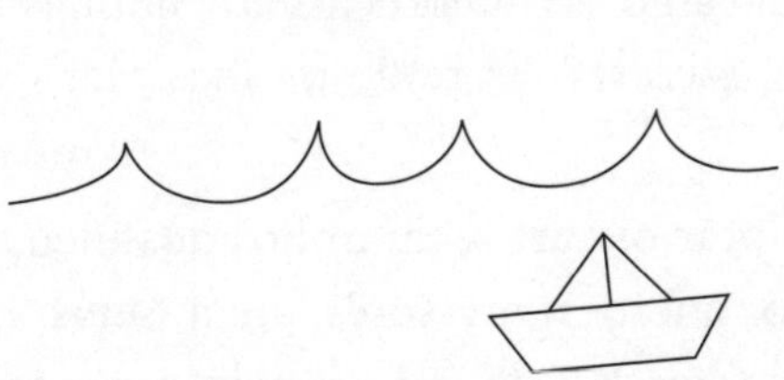

Suco de silêncio

Hoje eu não quero agito, não quero passear, nem quero conversar com os amigos. Hoje estou pra passar o dia comigo, num instante de solidão. Peço silêncio porque preciso de calma para ouvir o barulho que vem do lado de dentro. Além de silêncio, quero a fumaça bailarina do incenso, a luz laranja do abajur, e uma xícara de chá de menta. Também serão bem-vindos o vento que ventar, a luz que se fizer entrar e o livro que misteriosamente me chamar.

Como do Criador somos crias, também me sinto no direito de ser criativa – é minha forma de homenagear a vida. E se hoje lágrimas minhas preparam o solo para um crescimento que se aproxima, é porque essa hidratação se faz preciso. É ela quem lubrifica a força que guia, pelo caule verde e comprido, uma flor divina. Portanto, é como disse, para este nascimento, necessito de silêncio.

Quando o sossego do lado de fora torna possível a audição do meu rebuliço, sinto o desejo de apanhar a caneta, abrir o caderno e expulsar os pensamentos. Mas as palavras se atropelam, a mão enfraquece e os minutos passam lentos porque, há muito, estão engarrafados alguns sentimentos.

Eu não desisto. Bebo um gole do chá frio, enxoto meu ego crítico e improviso. Improviso porque assim sinto o Criador falando comigo. E enquanto aperto a caneta contra o papel um anjo se debruça em minhas costas e sussurra baixinho, "escreva, escreva o lhe vier à cabeça. Crie, Maria. Cresça".

Hoje quero explorar os tortos caminhos dos meus sentidos. Nessa aventura não quero repressores, nem setas indicando perigo. Quero tirar as vestes da consciência e mergulhar nua e de ponta, para tocar minha emoção e libertá-la da rede onde se encontra. Hoje eu quero ser minha melhor amiga para não ter medo de dividir tudo comigo mesma. Nem o medo, nem a dúvida, nem o desassossego.

Agora está chovendo lá fora e aqui dentro. O céu despeja água. Eu, sentimentos. Uso só as palavras que conheço, conjugo os verbos como posso e meus porquês estão sempre errados. Porque nunca sei quando são juntos ou separados, sei que nunca, jamais, deixarei de perguntá-los.

Pergunto mesmo. Às vezes sorrindo, às vezes lambendo as feridas. Pergunto porque quero respostas genuínas, que germinem dentro do peito e, florescendo, extrapolem minha cabeça, escorram até o papel e voltem a ser sementes, para assim, quem sabe, germinar em outra gente.

Então, aqui estou, dentro de um desejado silêncio, gotejando sobre o papel o suco do fruto que já foi flor e semente. Me acho, me perco, e me encontro novamente. A chuva parou, mas o sol já foi se pôr. Acendo outro incenso. Ouço as chaves na porta. É o amor que chegou trazendo cheias as sacolas da feira. Fechou a porta com delicadeza, passou a mão pelos meus cabelos e me deu um beijo. Ele diz que vai preparar uma sopa. Ofereço ajuda e digo que vou ligar a música.

Chega de silêncio por hoje. Vou ouvir jazz com meu amor; descascar abobrinha na pia; rir à toa e esperar pela sopa. Quanto ao suco, meio azedo meio doce, que fiz há pouco, vou colocar na geladeira e esperar até que fique fresco. Aí, sim, talvez o coloque na bandeja e, humildemente, te ofereça.

Impressionável!

Lembro-me como se fosse hoje da noite de sábado, quando eu já estava de pijama na casa da prima-melhor-amiga-de-infância brincando de escritório na cama da tia. É como se pudesse me ver: uma menina de oito anos, sentada de pernas cruzadas, batendo numa caixa de sapato como se fosse uma máquina de escrever.

De repente, meus primos mais velhos, um casal de gêmeos que naquela época devia ter uns 16 anos, entraram no quarto superarrumados. Ela de saia de couro e camiseta branca, ele de calça jeans e camisa xadrez. Com uma coisa era estranha em ambos: além de lindos, perfumados e de cabelos molhados, eles estavam de olhos disfarçados. É que eles iam para a festa dos óculos escuros na Smoke Island.

– Que massa! – exclamei maravilhada.

A imagem dos meus primos ultradescolados, de óculos espelhados, indo para uma festa na Ilha da Fumaça, me deixou encantada. De repente a brincadeira de escritório perdeu toda a graça e a gente inventou uma brincadeira nova, e mais divertida. Naquela noite, a gente brincou até tarde de se vestir pra festa, com as roupas da minha tia.

Durante toda vida e ainda, quase todos os dias, experimento esse sentimento de encantamento. Claro, disfarço como posso, mas a verdade é que sou do tipo que se impressiona fácil. Seja por uma pessoa inspirada, uma frase perfeitamente escrita ou poeticamente dita. Seja por uma música, uma ideia ou uma fotografia. Caminho boquiaberta por países estrangeiros, aprecio artistas de rua e fico hipnotizada em qualquer show ao vivo.

Não sei bem o porquê, mas em meu corpo amadurecido ficou preservada a capacidade infantil de ter olhos famintos – e também, claro, uma ingenuidade maliciosa, característica básica dos impressionáveis.

Por isso insisto em seguir meu coração e meus instintos, mesmo correndo risco de sofrer queimaduras ou parecer imatura. Então, choro, grito, depois abraço e beijo. Amo, odeio, dou uma volta, e meia, e invento outra brincadeira.

Acho que é da natureza da personalidade ser ampla, cheia de curvas, contrastes, vales e montanhas. Por isso somos seres mutantes. O problema é que vivemos numa sociedade que insiste em afirmar que a correção está em ser estável e manter os pés firmes no chão. Ora, se até para os mais céticos e pragmáticos seguir sempre no mesmo rumo ou, como dizem, ficar dentro do quadrado, não é fácil, que dirá para os impressionáveis!

É até engraçado: eu bem sei que Orkut, Twitter e Facebook são ferramentas incríveis, mas me angustia ter que talhar uma versão idealizada de mim mesma para fazê-la caber num retângulo de tamanho determinado. Imagine que se até para preencher ficha de hotel eu fico aflita! É que eu não sei, ou saberei, o que sou, ainda. Se escritora, produtora, stylist, bacharel, fotógrafa, designer. Ou só criativa.

Não vejo problema em reinventar a mim mesma e, de vez em quando, mudar a brincadeira. E me nego a aceitar que o estágio adulto me obrigue a dizer com a voz ligeiramente impostada "ok, agora eu sou isso; faço parte deste grupo e é esta a minha opinião sobre este e aquele assunto". Não! Obrigada.

Concordo com Raulzito e pergunto por que ter sempre "aquela velha opinião formada sobre tudo"?

Enfim, eu que sou impressionável e não duvido nunca do brilho do mundo, vivo a vida com olhos maravilhados. Em todo caso, coleciono óculos escuros.

Sem título

Quando escrevia redações na escola, ainda menina, minha parte preferida do exercício era sempre a escolha do título. Ah, que delícia poder devanear sobre a palavra que sozinha, e em negrito, resumiria minha dissertação inteirinha.

Só depois do texto pronto, ou terminada a parte difícil, chegava a hora de ler e reler o enredo para escolher, ao meu bel-prazer, uma frase ou vocábulo que atribuísse um sentido especial e segurasse, como num pedestal maciço, tudo o que havia escrito.

Porque, acredito eu, não existe, nem nunca existiu, certo e errado para isso. Ora, títulos devem ser curiosos, livres e criativos. Por eles me deixo encantar e acabo pagando, literalmente, caro por isso. Imagine que do mesmo modo como já fui bem recompensada por seguir meus instintos, também já comprei muito livro mais ou menos e já assisti muito filme ruim por causa do título.

Pudera! Como resistir à capa branca que dizia *Tu não te moves de ti*, de Hilda Hilst? Ou *A louca da casa*, de Rosa Monteiro; *Quase tudo*, de Danuza Leão; *Ao som do mar e à luz do céu profundo*, de Nelson Motta; e aos famosíssimos *Como água para chocolate, Brilho eterno de uma mente sem lembranças e Dona Flor e seus dois maridos*? Isso para falar dos poucos que vejo agora, aqui na sala, à minha volta.

O rótulo, o letreiro ou o cabeçalho do capítulo, para mim, sempre foram importantíssimos. Ora, não se pode negar que seja mesmo um troço magnífico a combinação de palavras que conjugue um terceiro, maior e, quase sempre, misterioso sentido.

Confesso que hoje em dia a construção do título tem sido um esforço fronteiriço. Não é simples beirar o que ainda não é sabido para me esquivar dos lugares-comuns e fugir do que já é conhecido.

Ah, e quanto já não foi dito? E não me refiro somente aos livros, filmes e discos. Falo de tudo e todos que, sob vocábulos, já foram contidos.

Por exemplo, Terra é título de um mundo inteirinho; Universo, do espaço infinito; e Oceano amarra mares tamanhos por escrito. E o que dizer então de Céu, Deus, Mãe, Casa, Menino, Maria e Rodrigo? Meras palavras de significados ilimitados, gigantescos, absolutamente intangíveis e misteriosíssimos.

Escolher títulos não deixou ser divertido, longe disso. É que, não por acaso, tenho pensado excessivamente nisso. Na verdade, ando angustiada com a escolha de um certo título específico.

Pronto, falei. É que estou achando dificílimo escolher, ou inventar, o nome para um ser humano que ainda nem é nascido!

Sempre considerei complicado começar uma obra pelo título, e acredito que seja exatamente essa a tarefa de dar nome a um filho.

Pedro, Caio, Tiago, Bruno, Felipe, Vinicius. Todos lindos, mas sequer ventilar essas alternativas eu consigo. Ora, eles já são meus conhecidos. Não dá. Seria como repetir o título *Casablanca* para um filme de aventura passado do outro lado da costa africana, no Oceano Índico.

Ok. Você vai dizer que estou sendo dramática; que essa é uma ansiedade normal, que no fim das contas quem dá personalidade ao nome é a criança, e coisa e tal. Ainda assim, estou achando complexa a tarefa de juntar os fonemas e escolher um vocábulo único para designar uma obra que nem bem começou a ser escrita.

Logo eu, tão metida a sabida! Dessa vez estou roendo tampa de caneta e rabiscando papel no lugar de aproveitar minha parte preferida.

– Então, é isso. Sem título, ainda.

Nota: esta crônica foi escrita no meu sétimo mês de gravidez.

Amor livre

Por volta das cinco horas batia a sineta da escola. Eu e os colegas com quem havia dividido a tarde, as brincadeiras e as histórias, tínhamos que ficar na sala de aula, esperando o anúncio do microfone. Porque só quando nossos pais ou responsáveis chegavam é que chamavam o nosso nome. Ah, e nessa hora era a glória. No que diziam "Maria Sanz Martins" meus olhos faiscavam de alegria, eu apanhava a merendeira e corria desembestada. Não esqueceram de mim!

Do lado de fora aguardavam, segurando sacos de pipoca e batendo papo, pais, avós, babás e, no meu caso, a condutora da Kombi. Eu ficava feliz mesmo assim, porque tudo o que eu queria era chegar em casa, ainda que depois de ter feito vinte e cinco paradas em seis diferentes bairros, para lanchar, tomar banho e ficar com meu irmão assistindo Jaspion, contando os minutos para meus pais voltarem do trabalho.

É que eles sempre trabalharam fora, e desde muito cedo eu precisei compreender que aqueles eram pais "ocupados". No fundo, eu bem achava o máximo ter uma mãe envolvida com artes e que oferecia festas para exposições de quadros; e um pai sempre bem penteado, de terno e gravata, carregando uma maleta de couro e livros debaixo do braço. Eu não tenho dúvidas de que foi a mistura dessas personalidades intrigantes que me ofereceu um lar, no mínimo, interessante e sempre cheio de cantos e contos para serem desvendados.

Sozinha em casa, ou, melhor dizendo, com a babá na cozinha ouvindo rádio, eu passava horas debruçada sobre a vitrola da sala, descobrindo os discos da minha mãe, foi precoce minha intimidade com Tina Turner, Donna Summer e Barry White. Ou no escritório do meu pai, me pendurando nas prateleiras para alcançar os troféus e livros mais pesados, devorando enciclopédias e fazendo recortes desautorizados.

E sempre foi assim, eles muito perto e, ao mesmo tempo, longe de mim. Posso dizer que fui uma criança independente. Eu ia sozinha ao dentista, ao supermercado e ao cabeleireiro. Comprava meu próprio uniforme e fazia matricula na escola. Primeiro, transportada pela Kombi, depois pelo seu Jaime, motorista-personagem que faz parte da minha infância.

Aprendi cedo a me locomover e a fazer escolhas importantes. Lembrando que naquela época aparelho celular ainda era um sonho mirabolante. Era eu quem decidia o que comer, aonde ir e o que vestir. Detalhe, nessa fase eu ia às festas de aniversário como bem entendia e me lembro que aos sete anos cheguei a ir numa festinha vestida de skatista, de calça jeans e camisa de caveira, completamente diferente das outras meninas.

Desse modo, ser diferente foi ficando normal para mim. Perdi logo o medo de ser empurrada para o meio do palco; desenvolvi habilidade de improvisar e inventar histórias; e, para certas coisas, também posso dizer que fiquei metida a corajosa. Talvez essa liberdade que me foi ofertada, ou a presença maciça que me foi subtraída, tenham me feito acreditar que amor e cuidado não têm espaço, nem exigem regras a serem cumpridas.

Como todo mundo sabe, a maturidade tem o projeto audacioso de abrandar a ambiguidade da existência que nos devora, ao mesmo tempo que alimenta. E uma das partes mais complicadas desse projeto é nos libertarmos de nossos pais e de seus olhares proféticos.

Claro, como qualquer pai e mãe, os meus também idealizaram para mim um futuro cintilante. Sem querer, eles me fizeram aprender a trilhá-lo de meus próprios tombos.

Não, essa crônica não é só um balde de purpurina. É a verdade.

A admiração que sinto por essas pessoas tem um tamanho tão grande, que mesmo a léguas de distância, eles se fazem presentes em minhas atitudes a todo instante.

De todo modo, continuo sendo uma criança grande. Sempre ansiosa pela hora de entrar na Kombi que fará inúmeras paradas, mas na hora certa, há de me levar de volta para casa.

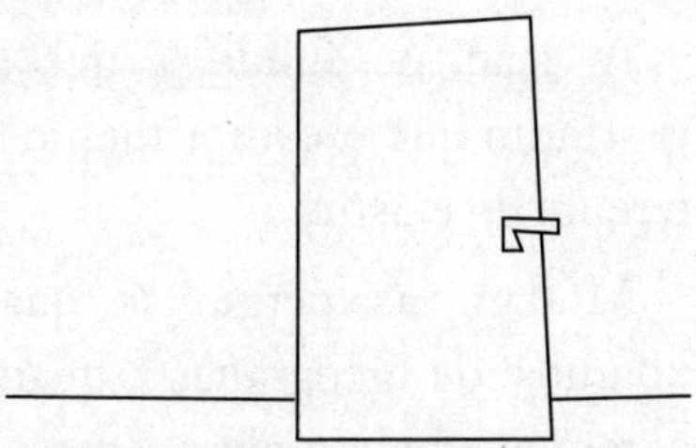

Recomeçando

Na lápide de todos nós serão talhadas duas datas. Mas o que realmente interessa, e que, obviamente, não será visível na pedra, é o que aconteceu no intervalo entre elas.

Ah, a vida. Breve, longa, louca, dura, mansa, garrida. Espaço de tempo iluminado entre duas eternidades escurecidas. Luz que nos é emprestada. Mistério de fé. Marcha que não conhece ré.

É, ré não tem mesmo. Mas, se tem uma alavanca que precisamos aprender a manejar, o quanto antes, é a do recomeço.

Começar de novo é uma arte, uma necessidade, uma consequência, uma força, ou um desejo. É, além do mais, parte do jogo, não tem jeito. Mas, fazer parte, como se sabe, não tem nada a ver com facilidade. Pelo contrário. Diante da iminência de qualquer grande mudança, empacamos. Mesmo quando a realidade-substituta já está de lá, linda e promissora, acenando.

É que a vida tem cacoete de professora de cursinho. Ela gosta de testar nossas capacidades e, especialmente, de nos pegar desprevenidos. Basta a desconfiança de que encontramos as respostas, para ela mudar as perguntas na mesma hora.

E, diante dessa espécie de sacode, ou modo sofisticado que a vida encontrou para dizer que jamais estaremos prontos, resmungamos.

A lição, no fundo, é que a profundidade da raiz é mais importante que o comprimento do tronco; e, no fim, que viver é diferente de existir.

Mudam as perguntas quando nasce um filho; quando mudamos de geografia; quando nos casamos; quando nos separamos; quando alcançamos uma cura significativa e quando sofremos a perda de alguém que amamos, seja para a morte ou para os braços de outra vida.

Outros ares, outros lugares, novos tempos, novos rostos, outros papos, cheiros, sabores, roupas e calçados. Seria simples, se não fosse enorme nossa dificuldade em largar mão do passado.

Ora, se somos apegados até aos mais danosos hábitos!

Recomeçar é sempre uma vitória. É reaprender a viver num molde diferente, usando nossa velha massa de gente. É fincar na vida um marco. Um antes-e-depois que a memória, os retratos, a alma e a história trarão eternamente estampados.

Eu, que acabo de inaugurar uma vida nova – repleta de amor, anseios, chupetas e fraldas, posso dizer de cadeira, de balanço, no caso, que meu coração passou por uma reforma.

Se acaso coubesse uma anotação entre as datas na pedra, essa seria uma boa hora.

Qualquer nota

É célebre a frase do melhor poluidor de enredos de todos os tempos, Nelson Rodrigues, que certa vez se manifestou sobre a crítica literária dizendo: "A crítica nunca levou nem uma bactéria às livrarias". Ora veja, se muitas vezes nem a crítica especializada é capaz de interferir na realidade, que dirá as ordinárias. Um fala, fala e não diz nada.

Desde pequena, afiliada ao famoso clube-do-contra, tenho o indistinto hábito de duvidar do senso comum, e de não dar ouvidos à crítica de qualquer um. Pode me chamar de egoísta, mas prefiro experimentar e decidir por mim mesma, a dar ouvidos a julgamentos míopes, ou a qualquer disse me disse. Conheço pessoas adoráveis sobre as quais só ouço maldades; já me encantei com filmes julgados insuportáveis; e já detestei livros e restaurantes que me foram, por tudo e todos, recomendados.

Pensando na crítica, enquanto substantivo que dá nome à arte de dar nota, ao caráter das coisas e pessoas, fiquei curiosa para entender por que, afinal, mesmo sem querer, a gente as escuta. Sim, as críticas têm pernas longas que alcançam também quem não as procura.

De manhã cedo, antes de sair de casa, sua irmã mais velha lhe põe os olhos e diz:

– Você vai trabalhar assim? Com essa calça apertada?

Atrasada, você pensa em voltar para o quarto e recomeçar o calvário da escolha de outra roupa, mas desiste quando ouve a buzina do carro de seu namorado, que veio dar carona para o trabalho.

Logo que a vê, ele vai dizendo com olhos de frete o quanto você está linda, incrível, maravilhosa...

– Você acha mesmo?

– Ô!

Mais adiante, já na portaria do escritório, é obrigada a ouvir o latim do segurança do edifício sussurrando um indiscreto nóóóóóssa. E quando chega à sala de reunião, você percebe a empáfia estampada no rosto de Rosalva, que te analisa de cima embaixo e depois pergunta onde você teria comprado aquela calça.

Então, nem bem o dia começou a crítica já te bombardeou.

Algumas podem ter massageado o ego, ou causado dor. Mas nenhuma delas é confiável na verdade, já que não é possível dizer se a medição foi feita com o metro da sabedoria, do apreço, da inveja ou da maldade. Ok. Não é novidade, todo mundo sabe que é mais fácil ser crítico que criticado. Mas há também outro fato muito bem sabido, é melhor ser criticado do que ser só mais um crítico.

Para mim, que não sou jurada, nem autoridade em nada, resta que, seja na arte, na literatura ou na vida, crítica boa é crítica construtiva, aquela do tipo que fertiliza as ideias, faz crescer a percepção e aduba a imaginação.

Para todas as outras, inclusive aquelas a seu respeito, procure fazer escolhas, e manter em mente que qualquer crítica, normalmente, é qualquer coisa.

(Minha) Mãe

Quando eu nasci, minha mãe nasceu também. A mulher, é claro, já havia vivido um bocado e já trazia consigo uma história própria, um passado. Mas a mãe, até então, nunca existiu. Nascemos juntas, ela para mim e eu para a vida.

A filha, a menina, a jovem, e a mulher que ela foi até aquele dia, por razões óbvias, eu não conheci. Só ouvi algumas histórias, casos engraçados e vi também uma porção de retratos. Não há dúvidas, muito antes de ser minha mãe, ela já era uma mulher linda, com o mesmo olhar forte e a mesma cara de atrevida.

Também sei dizer que quando ela era menina, jogava bola, brincava de rolimã e aprontava um monte na escola. E que quando jovem morou em Nova York, jogou vôlei e estudou arte na faculdade. E que só depois, como tinha de acontecer, ela encontrou meu pai, eles se apaixonaram, e no ano de 1980, no dia 19 de março, nasceu, enfim, a mãe que ela iria ser.

Sorte a minha, que cheguei ao mundo pelo ventre de uma mulher de espírito aguerrido e coração zen, que me registrou Maria, mas só me chama de meu bem.

Minha mãe é fera. Foi ela quem, às vezes no talento, às vezes acidentalmente, me ensinou a ser curiosa, criativa e corajosa. Me ensinou a ir sozinha ao dentista, a fazer minha própria matrícula na escola e a passar batom cor-de-rosa.

Foi por causa dela que me apaixonei por música, astrologia, caranguejo e patinação. Com ela aprendi que o meu melhor amigo na vida vai ser sempre o meu irmão. Aprendi também a ouvir primeiro meu coração, e fazer o que eu realmente quero, em vez de tentar agradar – porque qualquer que seja a escolha que fizermos, vai ter sempre alguém para nos criticar.

Aprendi que não há mal nenhum em ser diferente e que não vale a pena sofrer por quem não gosta da gente. Aprendi a não contar tudo que acontece na minha vida para qualquer onça-amiga; que ser inteligente é mais importante que ser bonita, e que a simplicidade é uma coisa magnífica.

Foi dela que eu puxei o temperamento forte, meus escorridos cabelos, a mania de usar roupão e de dormir com três travesseiros. Puxei dela também o paladar exótico, o jeito bagunceiro e a virtude de enxergar as pessoas além da aparência, sucesso ou dinheiro.

Ela é, enfim, "meu amor do coração". A única mulher que carrega em si, e para mim, uma abstrata majestade que me impele a lhe fazer as vontades. Tsc, não sei dizer se são seus olhos de fêmea, sua voz de cereja, seu colo quente ou sua língua afiada. Sei que a essa moça loira, da boca rosada, eu devo tudo, além da vida. E, ainda assim, ela nunca, jamais, em tempo algum, vai deixar de ser minha.

No pátio da escola, sob a sombra generosa de uma goiabeira, estava formada a roda de meninas em torno de Amália. Com um cinto de couro dourado, que rodeava folgado a blusa do uniforme, e um par de meias caramelo, que subiam até os joelhos, a menina enfeitiçava as colegas contando mais uma de suas histórias.

Há anos os pais de Amália haviam se mudado para o Uruguai em busca de melhor emprego, deixando a pequena no Brasil sob os cuidados de sua avó paterna, dona Yolanda, uma senhora corpulenta de cabelos loiros e lábios rubros.

Vaidosa como poucas, a avó de Amália colecionava detalhes visuais das histórias de seu passado em Montevidéu, onde fora dançarina e cantora de um cabaré chamado *Corazón de Fuego*.

Vivendo com a única neta, todas as noites, arrumada e perfumada, dona Yolanda preparava sopa, punha a mesa, acendia velas, um cigarro e servia o vinho – que, mesmo sendo suco de uva doce para a neta, era servido em taça de cristal colorido, e contava histórias cheias de detalhes sobre vestidos bordados, sapatos exóticos, chapéus raros, músicas e personagens esquisitos.

Então, até a hora da novela, as duas viajavam na imaginação daquela senhora que, muitas vezes, repetia o mesmo conto do dia anterior. Mas Amália não se importava, conhecia o talento criativo de sua avó e gostava, ainda mais, quando ela inventava um final novo para uma velha história.

O armário de dona Yolanda era um acervo que compunha o patrimônio histórico de sua vida. Para cada peça havia uma canção, um beijo ou uma cena mirabolante de ciúmes. E o melhor, Amália conhecia tão bem cada uma delas que aos onze anos já era capaz de reinventá-las para as colegas.

Um dia, apareceu na escola usando chapéu e segurando um cigarro apagado, que levava aos lábios apertando os olhos, como quem fuma, e depois soprava vento no ar.

Quando passou pela sala da diretora disparou:

– Buenos dias, doña Palmira – tocou com o indicador o cigarro, fingindo bater a cinza, e soprou mais uma vez o ar.

Pronto. Achando que aquilo já era demais, dona Palmira apanhou a menina pelo braço arrancando-lhe o cigarro apagado dos lábios e dizendo:

– Que absurdo é esse, Amália? Tire já este chapéu ridículo, e esse cigarro da boca. Você é ainda uma criança, mas está parecendo uma rameira.

E a menina:

– Meu nome não é Amália. Sou Beatriz. Não por opção, sou meretriz. Mas meu sonho é viver em Paris, onde certamente serei feliz trabalhando como atriz, casada com o homem que sempre quis.

Abriu a mochila, apanhou mais um cigarro, que fingiu acender com o polegar, soprou o ar dizendo:

– Estou atrasada. Me voy. Hasta la vista.

Dona Palmira não sabia se aplaudia, se chorava ou se ria. Ficou estática, muda e pálida.

Foi Mario Vargas Llosa quem disse que a origem da disposição para inventar seres e histórias é a rebeldia. Que o ser criativo teima em criticar o mundo real fabricando realidades fictícias, que apesar de tão eficazes quanto um cigarro apagado, proporcionam um prazer viciante.

Portanto, se é verdade que rejeitar a realidade é um ato de rebeldia, viva o rebelde que escreve, interpreta, inventa, fantasia, colore, desenha, costura, borda e pinta. Viva também a rebeldia feminina, que se pinta, se monta, se penteia, passa creme, perfume, batom, a mão nos cabelos e diz não à realidade cruel do espelho.

Viva a rebeldia da memória que é teimosa, e gosta de recriar as histórias, os amores, os beijos, as brigas, as viagens e as glórias.

Viva a rebeldia da menina Amália, que hoje é, segundo minha imaginação, uma grande cineasta!

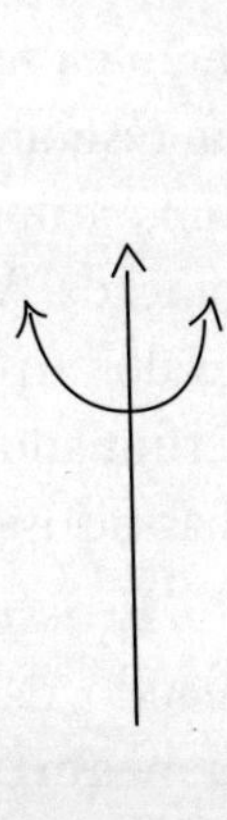

Femme fatale

Nota de esclarecimento, a vilã desta história atende pelo nome de Expectativa.

Ela, que é a extravagante irmã da Esperança, faz planos ambiciosos e os materializa na mente da gente.

Mas, quando tudo sai errado, a Expectativa que vinha linda e formosa, é empurrada do penhasco e cai gritando até atingir o chão de pedregulhos e morrer no ato.

Então, não seria ela uma vítima?

Seria, se não fosse ela própria a causa de sua morte. Ora, metida que é, passou a irmã pra trás sem embaraço e se vendeu maior do que era de fato.

É que perto dela, a Esperança é uma coitada. Ruim de lábia, moça discreta que fala manso e não dá garantia de nada.

Já a Expectativa é mestre em bolar histórias perfeitas, recheadas de detalhes fantásticos. Verdade seja dita, é sempre difícil não se deixar seduzir pelo engodo que conta.

Ela sussurra na manha e dentro da mente a cena se monta:

– Ele vai ligar, aí eu vou falar que não sei. Mas ele vai insistir, então eu faço charme e digo talvez. Depois digo que sim. Sugiro um restaurante japonês. Acho que vou usar meu vestido vermelho, com o brinco dourado e... Com que sapato? Já sei! Com a sandália trançada. Vou usar minha carteira de cobra e fazer um rabo de cavalo. Aposto que quando ele vier me buscar vai estar todo perfumado e vai colocar no som do carro o CD de blues para fazer charme, isso é a cara dele. Minha noite vai ser per-fei-ta!

E assim a Expectativa desfila pra lá e pra cá sugerindo, falando, dando ideias, sem sossegar um minuto dentro da cabeça da menina. Mas o dia passou, a noite chegou e ficou tarde. Então, a Expectativa, que estava lá num canto roendo as unhas, ouviu o aviso fatal de sua tia-avó, a Realidade:

– Não. Ele simplesmente não ligou.

Rapidamente, a Expectativa se levanta e corre tentando se esconder atrás de uma desculpa qualquer. Mas já é tarde. A Realidade, imperiosa mãe dos fatos, empurra sua sobrinha metida penhasco abaixo.

Decepcionada, a menina olha o vestido vermelho que havia sido passado e jazia brilhante estirado na cama, lamentando ter mais uma vez deixado que a víbora da Expectativa fizesse ninho em seus pensamentos.

Sim, a Realidade é muitas vezes cruel e não deixa alternativa senão aceitá-la.

É amarga a sensação de saber que seu jeans preferido está molhado; que o corte do cabeleireiro chiquérrimo ficou um desastre; que ele não ligou; que o trânsito não vai melhorar e que o seu voo foi cancelado.

Quando a onipotente Realidade aparece mal-humorada e me enfia goela abaixo os fatos sinto gosto de remédio amargo.

Colecionadora de fantasias e amante secreta da Expectativa, construo castelos feéricos com pontes elevadiças, e carruagens aladas que me levam ao céu.

Tem nada não. O Tempo é professor, e com ele tenho aprendido golpes e esquivas para me defender da Expectativa. Já quanto à Realidade, vou engolindo seus remédios e fabricando elixires para salvar meus sonhos de seus venenos.

Só se não

Só se não for noite de lua, eu não sou mulher nova.

De olhar, soube que a alma me tomaria. Que a mesma pessoa, nunca, jamais seria. Que depois do atropelamento do beijo-trem descarrilado, nunca mais a mesma Maria.

Só se não chover, eu não tomo banho de chuva.

Esse é um sentir novo, nunca sentido.

É que da mesma forma que a rosa é rosa,
vermelha ou branca,

Eu não sei como isso se chama.

Sei dizer que é chama. Brasa valente que desafia
a umidade da grama.

Facada certeira. Bala de prata, contra si, disparada.

Espera faminta que devora. Engole gente inteira. Jibóia.

Mar sem fim, nem começo. Afogamento, desamparo,
guerra e teatro.

É a solitária do pensamento, calabouço de lodo. Veneno.

É iminência do ataque. Escorpião.

Tem dente de lâmina, tem gosto de sal, cheiro de sangue. Metal.

É uma ópera de escândalo. Não tem querer, nem
há quem dome.

Eu não sei como chama,

Não tem nome.

Só se não jogar a rede, eu não sou peixe.

Eu não estava vestida para encontrá-lo.

Chinelo de dedo, camiseta, grampo no cabelo.

Não sei se era a hora, nem o lugar.

Sei que não podia contra aquele jeito, de abotoar a camisa
e, menos ainda, contra o cheiro.
É rede forte. Vento do norte, varre, prende, não há quem solte.
Por mais valente que seja o peixe,
Por mais que brilhem suas escamas,
Não há como desgrudar do mel, do caramelo, da calda, do
castelo, da canela, do colo, da cereja, nem da malagueta.
Sou presa, satisfeita. Agarrada pela cintura.
Metade mulher, metade peixe
Uma nova criatura.

Só se não bater a onda, eu não mergulho de ponta.
Preciso, sobretudo, da benção de Iemanjá.
De paz para mergulhar.
Fechar a porta, deixar o barulho do lado de fora.
Morar junto do boto cor de rosa.
Nadar até perder a conta das horas
Contar mil e uma histórias
Enfeitar-me com o perfume da praia.
Estender a toalha, encostar a cabeça na pele rosa do peito,
E adormecer com o barulho das ondas, num divino desassossego.
Serei feliz, só se for assim.

Bom de menos

Não basta ser bom, às vezes precisamos fazer o necessário.

Winston Churchill

Ok. O problema é quando, por pura malícia, o necessário é se fingir de bom.

Ser bom pela metade também é um tipo de maldade.

Sou do tipo que prefere um amigo complicado a um inimigo disfarçado;

Uma verdade feia a uma mentira decorativa;

Uma conversa sincera a meias palavras;

E uma rosa amarela, que só perfuma por três dias à rosa sintética que cheira eternamente a plástico.

Tenho medo de gente boazinha. Sinceramente, acredito que com esse tipo é preciso cuidado. Ora, além de mestres na arte de nos fazer sentir culpados, os bonzinhos agem com jeitinho, fazem tudo de mansinho, e sorrindo, mas não costumam deixar nada barato. Ao contrário, sabem cobrar cada favor prestado, cada elogio elaborado, e cada sapo, que por ventura, tenham engolido. É justo aí que mora o perigo!

O tipo bonzinho não dá pinta. Come pelas beiradas e manobra a cilada: primeiro toca a campainha da casa, depois vai entrando pela porta da cozinha, fazendo amizade com o cachorro, papagaio e também com a funcionária. E, assim, de repente, quando menos se espera, ele está com o controle na mão, e o pé no sofá da sala.

Não adianta fugir, eles estão por todos os lados. No trabalho, invariavelmente puxando algum saco; na festa, sendo ultrassimpática com o seu namorado; no supermercado, elogiando seu sapato; na academia, no trânsito e no apartamento ao lado. É prudente, porém, evitar o excesso de contato.

É que a convivência com esse tipo nos faz parecer malvados. Claro, é sempre deles o posto de coitados, ingênuos, bem-intencionados, e, sobretudo, de exemplares vizinhos, maridos e funcionários.

A verdade é aquela que a gente já sabe: gente boazinha adora um teatro. Ora, tem que ser muito artista pra aguentar bajular o chefe, trazendo cafezinho de hora em hora, trabalhando até tarde sem ganhar nada em troca e, ainda por cima, levando, aqui e ali, um passa-fora. E só com sangue de barata, estômago de aço, ou um plano mirabolante bem arquitetado, é possível suportar um descaso, fazer-se de amigo, ou se fingir apaixonado.

Por isso que eu digo que é preciso ter faro. Jamais subestime seu sexto sentido, nem menos ainda o sujeito bonzinho. De bocada em bocada, até um elefante pode ser engolido.

Por isso, quando topo com esse tipo, minha vontade era ser malvada o suficiente para dizer sem medo:

– Companheiro, melhor que se fingir de bom, é desejar sê-lo.

Luxo

Haddock ao leite preparado pelo meu pai; macarrão ao pesto preparado pela Bárbara; pizza de parma do Zé; bolo de cenoura do namorado; e da Leda, minha antiga funcionária, a farofa de alho.

Cheiro de neném do colo da minha mãe; cheiro da chuva no gramado molhado; cheiro de café preto de manhã bem cedo; cheiro de surpresa; cheiro de Natal e cheiro de segredo. A cor anil do cabelo da minha avó; a cor manchada, pelos copos, histórias e gargalhadas, da madeira da mesa da sala; e do mar de Camburi, a cor de ressaca.

Tudo isso pra mim é luxo.

Numa primeira impressão, luxo pode significar esnobismo, ostentação. Mas, numa observação mais atenta, essa palavra muito da metida a besta não passa de uma tradução enfeitada para uma outra palavra.

Detalhe. Detalhes tão pequenos são coisas muito grandes, já dizia o Rei. São eles os responsáveis pela transformação de coisas comuns em coisas extraordinárias, e de simples vontades em desejos e sonhos.

Senão, vejamos:

Vestidos de noiva. São todos sempre lindos e brancos.

Ok, mas o seu vestido de noiva não vai ser só lindo e branco. Ele vai ter uma prega aqui, uma fita ali e uma renda assim, de modo que "o seu" vestido vai ser um apanhado de pequenos detalhes que você sonhou.

Imagine, então, a casa dos sonhos. A dela é amarela e branca, tem um casal de dálmatas, e fica na beira da praia. A dele é de vidro e madeira, fica no alto da montanha e tem um casal de mangalargas.

Espalhafatosos ou delicados, ambiciosos ou modestos, exibicionistas ou discretos, detalhes são luxos fundamentais! Sem eles tudo seria mais do mesmo, igual. E o que a gente deseja, ou secretamente confessa, é uma vida, minimamente, excepcional.

De olho nisso, existe um mercado que foi habilidosamente preparado para te fazer sentir-se único, especial e extraordinário. São serviços e produtos que apelam para o nosso lado emocional. Tanto é que a estratégia básica do famigerado mercado de luxo é guiar a tomada de decisão de compra pelo campo das sensações, por isso te oferecem champanhe, te sentam numa deliciosa poltrona, elogiam seus olhos e te chamam pelo nome.

Aliás, nós mulheres somos presas preferenciais desse mercado pelo simples fato de naturalmente privilegiarmos, no cérebro, o mais emotivo dos lados.

Finalmente, é importante dizer que o luxo, especialmente nesta crônica, não se refere, nem se confunde com bom gosto, brilho, requinte ou preço alto. Ao contrário, dar-se a esse luxo de que falo é valorizar a preciosidade que mora no detalhe.

É dar-se ao luxo de gastar 40 minutos na fila do restaurante, só para comer uma porção de camarão médio frito com casca e molho de limão forte com pimenta rosa do Norte. Mudar de cidade só pra ficar perto do mar. Dirigir durante horas só para matar uma saudade. Ir à academia, todos os dias, fazer ioga, comer bem, se enfeitar e comprar roupa nova só para se sentir bonito, por dentro e por fora.

– Só?

É como ensinou Voltaire, o velho sábio, "O supérfluo é extremamente necessário".

Esse rapaz

Ele agora faz a barba, usa cinto de couro e dá nó em gravata. Mas até um dia desses, era um moleque magrelo, comprido e levado. Desses apaixonados por bicho e bola, que apanham na rua e levam para casa qualquer cachorro, passarinho ou besouro, e são sempre os últimos a sair da quadra de futebol da escola.

Todo fim de tarde, quando a condução nos deixava em casa, imundos e de uniforme, a gente corria e deitava no chão em frente à televisão para assistir, vidrados, Changeman e Jaspion. Na verdade, melhor que os programas eram os intervalos. Nessa hora, pulávamos de pé na cama e nos transformávamos, eu em Change Mermaid, ele em Change Dragon, e a luta dos heróis de araque rolava até recomeçar o programa, quando a gente voltava bufando de cansaço para o chão e pregava de novo os olhos na televisão.

E era sempre assim, o pau quebrava ou até um dos dois sair chorando, ou até ouvirmos o barulho da chave, sinal de que minha mãe estava chegando e que já havia passado da hora do banho.

De manhã esse menino era calado. Acordava descabelado e ficava assistindo desenho animado com um copo de Toddy na mão – com um detalhe engraçado: a cada golada ele passava a borda do copo na boca e arrastava pelo rosto, como se fosse um guardanapo, deixando um traço largo de chocolate ressecado.

Atrapalhado, engraçado, mas sempre, o corajoso da casa. E isso é verdade! Especialmente porque eu morria de medo de tudo, do barulho, do silêncio, do claro e do escuro, e todas as noites dava trabalho na hora de dormir. Não queria ficar sozinha, arrumava confusão, corria para a cama dele e o fazia segurar minha mão.

Mas o tempo passou, a gente cresceu, ou melhor dizendo, nos tornamos aborrescentes, deixamos de ser unha e carne, e foi cada um para um lado. Ele de lá, com os amigos, jogando bola e fazendo bagunça na escola, e eu de cá com as meninas, falando das modas e dos namorados.

Só mais tarde, quando viramos gente grande, é que voltamos a ser unidos. Parceiros do tipo que se admiram, brincam e morrem de rir juntos sem precisar de motivo.

Ficamos, sobretudo, muito parecidos. Boca, nariz, olhos e criação.

Somos frutos do mesmo amor, feitos para nos darmos sempre as mãos, e não mais por medo do escuro, mas em qualquer situação.

Esse rapaz é meu melhor amigo. Ele é o meu irmão.

Por mais fogos de artifício

Dia desses uma amiga me contou que está saindo com um cara que, além dela, tem mais duas namoradas. É claro que, na prática, o nome disso não é namoro. Paquera, caso ou rolo, o fato é que eles se beijam, ou dormem juntos, quando eventualmente se encontram, ou marcam um encontro.

Daí que, numa sexta-feira à noite, depois de desistir de esperar por um telefonema do tal sujeito, ela decidiu entregar os pontos e ir até a locadora. Usando um par de Havaianas, uma calça de moletom laranja e uma camiseta das 10 milhas Garoto, não é que essa minha amiga tromba com o bendito no meio da rua, segurando a mão de uma moça alta e loira, que usava um top azul de lantejoulas?

– Oi! Essa é minha amiga fulana.

– Ei! – disse ela rosnando um sorriso amarelo ovo.

E, dali a pouco, enquanto se decidia entre um romance novo, um drama clássico ou um terror de quinta, minha amiga recebe um torpedo do moço (!), que dizia estar com saudades e queria vê-la no sábado à noite.

Também outro dia, fiquei coçando a cabeça ao ouvir uma conhecida contando sobre seus últimos encontros românticos. No primeiro, o rapaz abandonou o barco, e a bolsa dela na mesa, enquanto ela havia ido ao banheiro; o outro agilizou por telefone, na frente dela, um programa para mais tarde com outra garota; e o último sugeriu um brinde à esposa, que naquele mesmo dia, havia sido promovida.

– Ah, para tudo!

Pode me chamar de tia velha, mas para mim isso é ultrapassar todas as barreira do som, da luz, e da civilidade! Será possível que alguém anda pensando em se conformar com essa realidade?

– Ou sou eu que estou louca por desejar amor e cumplicidade, além de fogos de artifício?

Siiiim! Eu quero brilhos, arrepios, explosões e afins. Quero um amor lindo, que me faça ter que conter a vontade de aplaudi-lo.

Eu sei, você deve estar pensando que sou uma romântica incurável, que não sei de nada e estou por fora do mercado. Mas a verdade, meninas, é que meus olhos estão ardendo de tão arregalados.

Ah, chega de engolir desaforo como se fosse empada, porque tem muito homem praticamente convencido de que berimbau é mesmo gaita.

E esses brincam à vontade. Entram de carrinho e, só de molecagem, praticam, na cara dura, todo tipo de antijogo amoroso. Mas pior que isso, é ver o incentivo de certa parte da mulherada, que mesmo cheias de fraturas expostas, escoriações e caras quebradas, seguem fingindo que não estão sentindo nada. E ainda tiram onda, achando que é vantagem, fazer o mesmo que eles, para depois contar entre amigas dando risada.

Ok, felizmente, esse padrão não é a regra. Mas é preciso agir rápido para manter essa bagunça na categoria de exceção e, principalmente, para que o cinismo continue sendo falta de educação.

Portanto, meninos e meninas, por mais brilhos, cores, arrepios e amores, elevemos o padrão!

Vanilla

Ela limpa os porta-retratos com flanela e perfume importado. Estudou em colégio particular. Começou a falar inglês aos três. Fez balé até os dezesseis. Ganhou de presente dos avós uma viagem à Disney. Passou no vestibular de Engenharia. Ganhou um carro e uma viagem a Buenos Aires. Conheceu Rafael. Leu *Cem anos de solidão*. Conheceu o motel. Assistiu à *Lista de Schindler*. Começou a estagiar na construtora do tio. Ganhou numa segunda-feira, depois da aula, um anel. Ficou noiva de Rafael. Fez um curso de culinária, aprendeu a fazer rocambole e bife de panela. Casou-se. Fez jantares, deixou de frequentar os bares. Dividiu com o marido as prestações da casa. Ficou grávida. Saiu da empresa do tio. Virou mãe e esposa empenhada. Passou a entender de vinhos. Planeja conhecer a Europa. Joga vôlei com as amigas às quartas e faz as unhas religiosamente aos sábados. Leva o filho à escola e toma tabuada. Está contente com a nova funcionária que, além de educada, dá conta do recado. Mas, é como disse, ela faz questão de limpar, pessoalmente, os porta-retratos.

Como fez tudo conforme manda o figurino, é tachada de antiquada. É que suas amigas frenéticas continuam buscando – namorados, maridos, conhecer o mundo inteiro, morar no Rio de Janeiro, sucesso, dinheiro, ou um bom emprego. Mas não ela. Inexplicavelmente, não se sente ameaçada pelo ritmo histérico do mundo. Não faz qualquer questão de ser fashion, radical ou antenada. Não sonha com aventuras grandiosas, nem quer ser famosa.

Desde menina admite, tranquila, que não se pode vencer todas as partidas. Aprendeu cedo que a vida não oferece garantias, por isso, não é exigente com a própria rotina. Ao contrário, trata-a com cuidado, respeitando seus momentos, tanto os altos, quanto os baixos. Ela sabe que a inefável felicidade é coisa de sua total responsabilidade, e não assunto para ser ditado pelos filmes do cinema, novela das oito ou comerciais de margarina.

Não está nem aí para a cobrança da sociedade por uma vida mais agitada. Aprecia o sossego de esperar o marido para um chopinho e um bom papo, descalça, no quintal de casa. É amante e parceira fiel de Rafael, de quem admira o instinto, a doçura e a garra. Apaixonados desde os tempos da faculdade, bastam-se de um modo que quase irrita os amigos, vizinhos e agregados. É também, e sobretudo, louca pelo filho, que a faz sorrir de alegria mesmo dormindo.

Não é do tipo que reclama do corpo, da pele ou do cabelo. Não procura culpados, nem passa horas pensando no que está errado. Não faz dietas porque é naturalmente saudável; nem terapia porque, silenciosa e sinceramente, ela reassume as próprias escolhas todos os dias.

Finalmente, ela é tachada de antiquada porque hoje em dia, aceitar a própria realidade ficou parecendo coisa do tempo de nossas avós. Época de escassas possibilidades.

Ela não se incomoda. Segue imune e satisfeita, tratando com desconsideração os fracassos, e colocando as alegrias em porta-retratos.

Uma vez por semana, ela acorda disposta, abre todas as janelas, encharca a flanela com perfume de Vanilla Italiana e passeia pelos corredores do colégio; pelo palco dos festivais de balé; vai à Disney, Europa, Buenos Aires; e reencontra Rafael na faculdade, nos bares, e na igreja onde se casaram.

Romântica ou antiquada, ela sente prazer em perfumar o passado e a casa com um delicioso cheiro-clichê de mulher que vive feliz com o que a vida tem a oferecer.

Ficcionista

Estava lá, escrito em letras miúdas, no canto esquerdo da página dos classificados, misturado aos anúncios de gatos siameses, curso de shantala para gestantes e bicicletas reformadas,

"Vende-se vestido de noiva (nunca usado)".

Para um ficcionista é quase impossível não imaginar um romance que conte a história por trás daquelas palavras. Mas, não se engane. Não se trata de curiosidade; nem seria o caso de apanhar o telefone e discar o número do anúncio para descobrir o que aconteceu na realidade. Ao contrário, quem inventa histórias não se alimenta da veracidade dos fatos.

O ficcionista é, na verdade, um carniceiro de si mesmo, porque é de suas próprias oblíquas lembranças, frustrações disfarçadas, apetites inconfessáveis e forjadas experiências que ele se alimenta. O papel do mundo real é tão somente abrir-lhe o apetite.

Sou faminta e, desde menina, vejo tudo mundo com uma lente destorcida – às vezes cintilante e colorida; noutras, preta, branca e sombria. E se insisto em enxergar com esses olhos que minha mente imagina é porque sou uma rebelde convicta desafio a realidade com a espada criativa.

Espeto e corro. Odeio e amo. Esqueço, depois torno a me lembrar e, novamente, me apaixono. Vivo a véspera e a ressaca de uma eterna festa à fantasia. Discordo, desobedeço, pulo o muro, quebro a vidraça e, sobretudo, escrevo. Porque só assim satisfaço meus fantasmas e espanto meus medos.

A escrita começou com as cartas. Ainda criança, apanhava lápis, papel, caneta ou giz de cera, sentava no chão e escrevia para as amigas, as reais e as fictícias. Depois vieram as redações da escola, a prática, a sintaxe, a pontuação e a gramática. E junto disso, houve sempre um aspecto que foi decisivo para este tal estímulo criativo. É que passei a infância assistindo ao meu pai escrevendo petições e lendo livros.

Sempre ali, debruçado sobre a máquina, com os dedos agitados, fazendo barulho com as letras que eram catapultadas do teclado de ferro para o papel. E mais tarde, com o advento do computador, vê-lo escrevendo ficou mais fascinante ainda por que, como ele mesmo diria, "é um negócio danado", meu pai digita, como se estivesse tocando piano, de olhos fechados.

E além desse pai que, como disse, é um poço de sabedoria, que coleciona amigos, livros e alegrias; também sou neta de artista; e tenho uma mãe que além de marchand, é criativíssima.

Acredito, enfim, que para escrever não é preciso qualquer justificativa.

Basta o ínfimo – papel, caneta, um pensamento, uma angústia, um tropeço, uma palavra, um encontro casual, um anúncio de jornal e pimba! A noiva já vai sendo abandonada na antevéspera do casamento porque Manuel, o soldado com quem se casaria, tomou todas; não conseguiu entrar em casa; caiu na sarjeta e foi socorrido pela vizinha.

Mariela, a vizinha, deu-lhe banho, e depois, aproveitando o estado sonolento do moço, confessou seu antigo amor platônico. Então, num estalo, Manoel abriu os olhos avermelhados, fazendo-a sentir-se ridícula, como se, sem saber nadar, tivesse pulado de ponta numa piscina. Mas, antes que ela morresse afogada pela vergonha da confissão, o soldado trouxe salvação. Puxou-a pelas mãos e lascou-lhe um beijo embriagado, desses de tirar a respiração. Apaixonou-se também, e perdidamente, por ela. Foi remédio desmanchar o casamento porque seu mundo era agora Mariela.

Mas, não se engane, é como disse, com a realidade, não tenho o menor compromisso. Não sou repórter do cotidiano, nem muito menos da minha própria vida.

Tudo o que eu quero é ser uma ficcionista.

Agora mesmo

– Você tá dormindo?

– Não, tô acordado.

– Acho que eu tô com medo do escuro.

– Você tem medo de escuro? Então me abraça, fecha os olhos.

– Mas é desse escuro que eu tô falando. Desse que mora dentro de mim.

– Então vem cá, deita no meu peito. Fala pra mim desse medo.

Silêncio.

(...)

Tô com saudade de agora mesmo.

Não queria que esse nosso agora fosse embora. Mas, daqui um segundo o presente vai envelhecer. Vai morar no reino do passado, onde todos os seixos já foram rolados.

E esse escuro, o desse quarto e o dos meus olhos cerrados, que deixa o barulho do tempo destilado insuportável! Pior, inevitável. É isso, droga! Não há cura contra o tempo. Nada no mundo pode prender o agora.

Existe é claro, o trunfo da memória. Que, obstinada e heroica, vai fazer de tudo para aprisionar o gosto do beijo e o brilho do relâmpago que explodiu quando te vi naquela hora. Vai lutar com todas as forças para se agarrar ao cheiro da pele e à pele do peito. Vai socorrer as cores das paredes e as estampas do edredom e travesseiro. Vai tentar sustentar, ilesos, perfume, cenário e cada beijo.

Também minha gorda imaginação será coadjuvante. Ela não usa relógio, não penteia os cabelos e, quando quer, expulsa gritando a realidade do trono. Vai reescrever essa história mil e uma vezes.

Vai transformar as cores, os sons e as luzes. Vai inventar sinais de fumaça, fundos musicais e rever com impaciência todas as cenas fora da sequência.

Ainda aqui, enquanto ausculto os segundos marcados em seu peito, me sinto de partida. Mas sei que, logo mais, depois da despedida, ainda sem jeito, um tanto rouca, quase louca, me sentirei, enfim, dividida ao meio. De antemão, metade de mim experimenta uma rasa colher de desespero.

De repente, me permito o delírio de acorrentar as águas do rio, para fazer rolarem de novo os seixos; engaiolar o vendaval, para manter despenteados os cabelos; e recolher do chão cada grão de purpurina, porque é esse o brilho que eu quero da vida.

De repente, considero dizer eu te amo; tocar fogo nesse quarto; acender a luz; escrever um livro; tirar um retrato. Mas é tarde. Então me perco, te aperto e sinto medo, ou uma imensa saudade de agora mesmo.

(...)

– Não é nada. Bobagem. Só me abraça!

Ingênua personagem. Ainda não sabe separar o amor do medo. Não sabe que despir um sentimento pode ser mais difícil que ficar nua em pelo. Não sabe que palavras quando não bastam, atrapalham.E não sabendo, enfim, o que fazer com o fôlego do sentimento, não encontrou melhor desfecho, fechou os olhos e disse boa noite num beijo.

Na manhã seguinte, no saguão do aeroporto, entregou-lhe um bilhete, que estava entre uma confissão e um segredo, e começava com a estranha frase "ai, que saudade de agora mesmo".

Te pego lá fora

(debaixo do copo. Ordinário, escrito num guardanapo)
Ah, menina linda,
No fim da noite,
No meio da vida

Eu que não sou de briga,
Sob seus olhos de tiroteio
Fiquei sem saída

E agora é tarde.
Se te pegar lá fora
Vou te dar um baile
(...)

Sou Pedro Henrique, um típico garçom charmoso. Não que seja pretensioso, digo isso porque costumo ouvir mulheres cochichando. E não que seja enxerido, mas por alguma razão oculta, mulheres acreditam que nós, garçons, somos surdos. Sou um universitário metido a poeta e trabalho atrás do balcão de mármore branco de um bar bacana, desses onde ainda se toca piano. E estou convicto, essa menina de vermelho que acabou de chegar me deu um sorriso.

Agora já são 11h15, olho para o relógio e para ela de novo. Estou certo, seus olhos continuam me fuzilando.

É escandalosamente bonita. Tem cabelos longos e olhos mestiços. Está tomando o coquetel que eu mesmo preparei, enquanto fala ao celular e ri um riso tão delicioso que machuca, e está me desconcentrando. Droga! Acabo de verificar que misturei chope com licor de cereja.

Já faz mais de ano que trabalho nesse bar e estou acostumado a ver atrizes, modelos e gente famosa, mas nunca aquela garota linda, que chegou sorrindo, sentou no balcão e foi pedindo que sugerisse um drinque:

– Nossos mojitos são famosos – eu disse.

– Hum... fresco demais.

– Sex on the beach.

– Doce.

– Manhattan, minha especialidade.

– Fechado. – piscou o olho e ajeitou decididamente o decote tomara que caia.

Apanhou o celular e gastou uma conversa íntima – na certa uma amiga. Essa é outra coisa que aprendi: mulher gosta de parecer ocupada enquanto espera alguém.

Quando um homem baixo, de óculos e cabelos grisalhos chegou, ela se despediu da conversa e guardou na bolsa o telefone.

Beijaram-se no rosto. Ele quis saber o que ela estava tomando, acenou com a mão e pediu uma Coca-Cola, com pouco gelo e sem limão.

Conversaram seriamente por alguns minutos. Depois, balançando a cabeça, ele enxugou a lágrima que escorria dos olhos dela, levantou-se dizendo um burocrático boa sorte, deixou no balcão uma nota de dez reais e foi embora.

Com os cotovelos apoiados e as mãos sobre as orelhas, ela cabisbaixa, sugou ululante os restos de drinque misturados aos restos de gelo. Era minha deixa. Preparei mais um Manhattan, dessa vez com menos angostura.

– Nem fresco, nem doce – disse oferecendo o drinque.

E ela, esboçando um sorriso, balançou a cabeça num gesto agradecido, e foi se confessando:

– Obrigada. Era disso que eu precisava. Aliás, disso e de uma boa balada.

Apoiei as mãos no balcão para ouvi-la. Tarde da noite garçom também vira analista.

– Na verdade, não esperava ser recusada. Meu agente acabou de dizer que escolheram outra modelo para fotografar a campanha.

Louca é a vida, pensei. Como pode sentir-se a última delas, a mulher mais bonita?

12h47. Ela olhou pra mim de novo. Sorrindo com olhos molhados e vestido vermelho. Fogo! É hora. Apanho a caneta do bolso, escrevo num guardanapo um poema ordinário e, num surto de coragem, o coloco debaixo do copo dela.

O bar já está fechando. Tiro o paletó, abandono o balcão e me liberto do garçom.

(...)

Estou do lado de fora, noutro cenário.

Ansioso. Acendo um cigarro.

Espero mais um pouco.

Ela chega.

Tumulto no peito. Jogo o cigarro no chão e mal piso, mal disfarçando meu nervosismo. E ela assim, de súbito, encosta a ponta do nariz na minha bochecha e sussurra maneira:

– Vamos dançar a noite inteira?

Uma hedonista

É dada aos prazeres.

– Culpa dos pais, pontuam os amargos.

É que eles, muito amantes da vida, ensinaram-na a buscar nas miudezas cotidianas o amor e a alegria.

Sua mãe, uma artista autodidata, talentosa e falante, colecionava amigos e discos. Passava as manhãs pintando, as tardes cochilando e as noites bebericando na varanda de casa, que vivia em estado de festa. É que todas as noites circulavam por ali amigos e artistas que esticavam a noite até virar madrugada e riam mais e mais alto na medida em que se esvaziavam as garrafas.

Suas telas eram vendidas em todo o mundo por negociantes de arte que se aproveitavam de seu muito talento e de sua pouca ambição. E, apesar de constantemente advertida por amigos influentes sobre a importância de aceitar os convites para expor suas obras em grandes centros, ela não dava ouvidos. Ela era assim, não se levava tão a sério. Da vida não exigia mais felicidade que já tinha e, sobretudo, acreditava que o anonimato era um luxo.

Seu pai, um carismático diplomata que, quando não estava viajando, passava os dias na biblioteca escrevendo uma porção de "ela não sabia o quê" numa máquina barulhenta e velha. Nos fins de tarde, depois da caminhada, tinha costume de rever filmes antigos na "cinemateca" – uma saleta improvisada que ficava nos fundos da casa. À noite, sentado na gordíssima poltrona de couro gasto, ladeado pelo tabuleiro de xadrez e uma porção de livros amarelados, trocava sabedoria com toda gente que chegava. Mas, só se levantava para receber os amigos especiais, os bigodudos e grisalhos, com quem confabulava noite adentro fumando charuto e bebendo conhaque.

Até certa idade, a menina sentiu-se diferente das colegas da escola por ser filha de pais pouco comuns. Mas invejava o amor que ambos sentiam por seus trabalhos, amigos e outros detalhes.

Algumas vezes ficava carente de atenção, batia o pé no chão e duvidava do amor de sua mãe, que parecia infinitamente mais apaixonada pelas tintas e por Nina Simone. É que todos os dias ela se enfurnava no ateliê e pintava horas a fio, na companhia exclusiva dessa tal de Nina.

Também invejava o apego de seu pai pelos livros, pelas línguas estrangeiras e outras culturas. Mas por ele a menina tinha loucura. Não se lembra, mas dizem que quando pequena, sempre que seu pai chegava de viagem, ela corria, tirava-lhe dos pés as meias e os sapatos e os escondia em lugares inimagináveis. Supunha que sem eles, ele não poderia mais sair de casa.

Mas a menina cresceu, e com ela a clareza sobre as escolhas de seus pais. Como eles, viciou-se no ópio dos pequenos prazeres da vida e decidiu que dela também faria uma festa.

Virou uma adulta indisciplinada, autoindulgente e amante da boemia. Persegue os prazeres; economiza inimigos; as confusões, ameniza; e a dor, a todo custo, evita (considera, por exemplo, tortura chinesa os aparelhos de academia).

Com frequência, ela discorda da realidade – acredita que ela é coisa supervalorizada. Acha que a força de seus desejos é sua razão de ser e, diferente da maioria das pessoas com quem convive, não encontra culpa no prazer.

Ela ama os detalhes, os sorvetes, as artes e as massagens. Veste-se por diversão; perde, ganha, arrisca e foge da dor.

Mas, sobretudo, ela ama. E como ama! É viciada em amor.

Todas elas

É domingo. Sozinha, lendo o jornal na varanda de casa, é uma pessoa caseira. Tranquila, com seu blusão perpetuamente manchado de molho de macarrão e chinelas rasteiras. Na cabeça, os cabelos embolados para o alto formam um ninho de mafagafos, e os pensamentos sincronizados, um caracol semienrolado. Lê primeiro o Caderno 2, depois as manchetes e os classificados. O resto fica pra depois. Aí, entre um bocejo e um gole de café preto, põe Ray Charles no aparelho de som. Experimenta o sossego.

Com a amiga Soninha, caminhando pelo calçadão, é uma pessoa conselheira. Agitada, com passos rápidos, balança os braços e caminha ligeira. Colorida, de rabo de cavalo, meias curtas, camiseta amarela e bermuda de Lycra vermelha. Primeiro, é toda ouvidos, depois metralha a fala. Na breve pausa para a água-de-coco gelada, alongamento dos braços, sorriso simpático ao "tchau" atrapalhado de um fulano que passou correndo, e segue a caminhada e o aconselhamento. "Ah, Soninha, eu acho! Liga logo pra ele, não perde mais tempo." Experimenta ser a voz da experiência.

Depois da praia, no bar, com a turma reunida, é uma pessoa ensolarada. Sorridente, de biquíni e saída de praia, mexe e remexe nos cabelos soltos e salgados. É um imã de gente. Metálica, com brincos de prata, anel de marcassita e pele toda dourada. Come pastel, toma cerveja e birita pitanguinha com cachaça. Conta caso, ri das piadas, promete segredos e, lá pelas tantas, se confessa apaixonada. Experimenta ser joia rara.

No cinema, com o novo namorado, é uma pessoa encantada.

Delicada, de vestido cor-de-rosa e salto alto, declara a feminice e o banho tomado. Seus cabelos brilhantes e, incrivelmente, perfumados estão penteados de lado. A pele hidratada, e as bochechas coradas. No escuro, come uma a uma as pipocas e mantém na tela os olhos vidrados. Quando a mocinha do filme é beijada, ela sorri pra ele sem dizer nada. As luzes se acendem depois que os personagens foram felizes para sempre. Ela o abraça aliviada e o beija deliciosamente. Seguem para a pizzaria, caminhando de mãos dadas, e ela experimenta um estado de graça.

Caseira, agitada, ensolarada, delicada, conselheira, faceira. Somos muitas! Extrapolamos o conceito de unidade e experimentamos ser múltiplas debaixo de uma mesma pele.

E como poderia ser diferente?

Se todos os dias variam os humores, os cheiros e os sabores que invadem o corpo da gente; se modificamos os cabelos, as roupas e os enfeites; se nos visitam em momentos diferentes o silêncio, o tumulto, o medo e o sossego; e, principalmente, se vão e vêm as outras pessoas, as que amamos, as que aturamos, as almas tortas e as boas.

E se dentro da gente, uma pensa, a outra sente; uma relaxa, a outra se enfeita; uma fala, a outra se cala, é porque somos seres errantes por excelência, e carecemos absolutamente de experiências.

Se viver de bem com a vida é a melhor estratégia, nos autorizamos em nome da ciência à aplicação do método: ser muitas sem deixar de ser nenhuma delas.

Salto alto

Dia desses, conversando com uma amiga, ouvi aquela frase antiga,

"Prefiro ficar sozinha a ter um namorado que não seja assim, assim, assim, assado".

Sim, amiga, então esteja mesmo preparada para a primeira alternativa. Esse homem ideal, ou o príncipe encantado com tudo que você queria, é pura fantasia. Poxa, não adianta ficar pensando só no que o outro pode fazer pela sua felicidade: eu + eu + eu é equação da primeira infância; na maturidade, a matemática básica é relacionamento + reciprocidade.

Nossas avós certamente desejaram, mas com certeza não esperavam, que seus maridos fossem os mais compreensivos; dedicados, atenciosos, delicados, divertidos, sensuais e mais bonito, entre todos do baile. Elas já sabiam, porque foram preparadas para a fatídica realidade: casamento, ou relacionamento, envolve problemas de saúde, envelhecimento, tédio, manias, crises, problemas financeiros, problemas com as crianças, com a sogra e por aí afora. Mas essa nossa geração não quer, ou não se dispõe, a aceitar nada menos do que perfeição.

Mulheres jovens, independentes, bem-nascidas e bem-criadas, que moram sozinhas, viajam o mundo, trabalham, fazem academia, massagem, ioga, terapia, são cheias de amigas, estudam francês e, de quebra, ainda arrebentam na cozinha, têm a secreta certeza de que estão por cima da carne-seca; que são a última empada da padaria; ou a rainha da cocada preta – e não se dão conta de que essa postura de Mulher Maravilha é uma bela de uma fria.

De que adianta seguir procurando um Super-Homem que se encaixe em seus planos, se na vida real isso equivale a estar, literalmente, sonhando? Essa história de se achar ultraespecial, megaespetacular é embarcar numa egotrip para beeem longe da possibilidade de uma felicidade romântica.

Eu sei, nossa geração já nasceu com o verniz do feminismo, com o desejo de ser independente e com a autoestima super fortalecida, mas quanto mais a gente se coloca acima, mais nos tornamos críticas, exigentes e chatinhas.

Como juízas olímpicas, somos mestres em deduzir pontos. Não sabe quem foi Jackson Pollack?! Menos um ponto; gosta de pagode?! Menos dois pontos; mistura uísque com guaraná?! Menos quatro pontos.

– Insuportáveis! É isso que somos.

Ah, por que ao invés de subtrair não somamos pontos? Um para cada vez que ele nos fizer sorrir, três para cada gentileza e cinco para cada elogio a nossa inebriante beleza?

É fato, o excesso de exigência deixa tudo embaçado. Ora, enquanto estamos checando os itens da lista, perdemos de vista o brilho veloz do encanto, ou até mesmo a possibilidade de perceber um Clark Kent bem na nossa frente! Como se sabe, amiga, até o Super-Homem anda disfarçado.

Paixão, amor de verdade, namoro, casamento, família, final feliz... Nada disso dá em galho, ao contrário, requer paciência, doação e cuidado. É preciso descer do salto alto emocional, baixar a guarda, abrir o espírito e o sorriso.

Aí o resto é com o destino.

Riscos da estrada

Quando a mãe de Paulo conheceu Cíntia, estremeceu. Foi como ver seu filho inocente subindo numa moto cara e potente.

Exuberante, de salto alto, cabelos longos e cacheados, vestida num wrap impecável. Cíntia falava baixo, sorria com os olhos e conferia no iPhone, de cinco em cinco minutos, os recados. De vez em quando ela e Paulo se beijavam feito gatos, ela ronronando com a cabeça virada de lado e ele, vidrado.

A mãe observava calada, e enquanto colocava a mesa do almoço, esticava os ouvidos para pescar o que eles falavam. Sentiu-se rejeitada, como se agora assistisse a vida de seu filho do lado de fora, com a testa encostada na vidraça.

Na hora do almoço, quando todos estavam sentados, trocando sobre a mesa travessas e pratos, ela engatilhou, de repente, uma série de perguntas que procurou fazer despretensiosamente. Batendo o saleiro na mesa para temperar a salada, quis saber o que a moça fazia, o que estudava, e qual era a sua família.

Cíntia respondeu a todas com educação, mas sem um pingo de entusiasmo. Era uma garota segura, de olhos obscenos, voz rouca e cheia de tatuagens. Contou que seu pai era um músico cubano que vivia no Brasil há vinte e dois anos; que sua mãe era nordestina, do interior da Bahia; que estava no terceiro ano de Psicologia; que trabalhava como modelo fotográfico nas horas vagas e que era cinco anos mais velha que Paulo.

Enquanto a moça dava delicadas garfadas no estrogonofe da sogra, Paulo a olhava com a admiração de quem vê o sol nascer pela primeira vez. E ela, em retribuição, o olhava de volta e piscava o olho esquerdo com malícia. Era mesmo inegável que o rapaz estivesse apaixonado.

Se conheceram no ensaio da escola de samba do bairro. Ela suada, de salto alto, à frente da bateria, tocava chocalho. Ele, de chinelo de dedo, bebia cerveja morna num copo plástico. Ficou fascinado pela garota que sambava, sorria, e cantava ao mesmo tempo em que fazia com as mãos um movimento coordenado. E tanto olhou e tanto aplaudiu que ela o cumprimentou depois do ensaio. Ele, muito tímido, tentou disfarçar o encantamento, mas se atrapalhou e foi dizendo numa só frase seu nome, endereço, vocação e o número do sapato. Ainda iria acrescentar sua nata falta de gingado, mas a bateria recomeçou e ela, achando graça naquele garoto magro e desajeitado, o puxou pelo braço.

Dançaram um bocado, depois fizeram um lanche no Kapo's, trocaram telefone, e o resto você já sabe. Há três meses que Paulo anda embasbacado. Suspira alto, não estuda direito, não desgruda do telefone, nem sai do quarto.

Ele estava acabando o cursinho e se preparava para o vestibular de Odontologia. Seria, como o pai, um exímio dentista. Mas sua mãe estava de cabelos arrepiados por ver o filho com os quatro pneus arriados por aquela mulher mais velha, mais sabida, linda, rica e, ainda por cima, estudante de Psicologia. Sabia que era uma batalha vencida.

Amava o filho mais que tudo na vida.

O marido era um homem calmo, que vivia para a família, mas tudo quanto ele fazia de bom tropeçava na falta de amor que ela sentia. E essa falta de calor causava nela uma espécie de ódio. Se irritava todos os dias quando ele chegava em casa do consultório fazendo festinha.

– Sai Januário, sai que isso me irrita.

No fim do almoço, a mãe chamou o filho na cozinha e disse baixo, num tom sarcástico:

– Vê lá, hein Paulo, acho bom tomar cuidado. Quem brinca com fogo acorda molhado.

E ele, coçando a cabeça, deu-lhe um beijo na bochecha e saiu sem entender o recado.

Dois meses se passaram e ele seguia, anestesiado. Certo dia, vendo o filho sair de casa para ver a namorada, deixou a colher de pau com que batia o bolo de lado e fez o sinal da cruz. Temia sempre que o menino voltasse machucado. Achava que aquela máquina morena, madura e arrojada era perigosa demais para o coração ingênuo e corpo frágil de Paulo. Não duvide, era duro ver seu único filho passeando em alta velocidade pelas emoções de curva fechada da puberdade.

Voltou a bater o bolo e se lembrou de um namorado da adolescência que também era perigoso como uma moto envenenada – e por quem havia sido loucamente apaixonada. Suspirou desanimada pensando que fosse por segurança, ou por medo de ser machucada, preferiu ficar com o clássico modelo utilitário (por isso casou-se com Januário).

Nesse mesmo instante seu bom marido abriu a porta de casa com uma sacola de pão debaixo do braço, fez a festinha de sempre e ela resmungou mal-humorada.

De madrugada, quando o garoto chegou em casa, encontrou a mãe acordada, sentada na sala, bebendo vinho ao som de Lynyrd Skynyrd. Ao vê-lo, radiante e descabelado, ela levantou a taça e disse embriagada:

– Acelera meeesmo, meu filho!

Havia, enfim, compreendido que nesse mundo não arriscar nada é arriscar quase tudo.

Mais uma vez, Paulo não entendeu a charada.

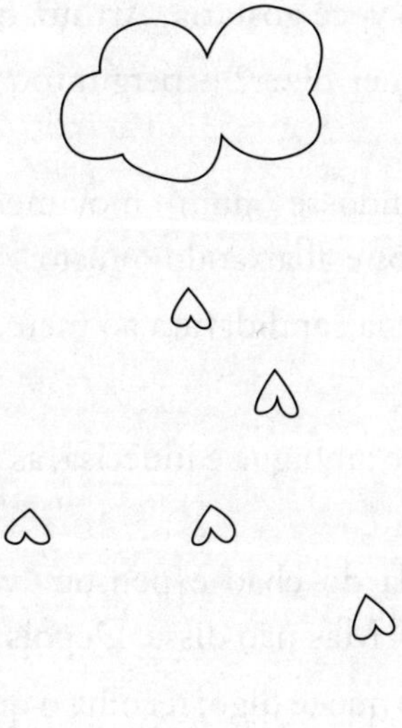

Doce e azul

Quando chegou à calma estação de trem da pequena cidade de praia, ela comprou um algodão doce azul, caminhou até o banco de madeira e sentou. Virou a cabeça para o enorme relógio de ponteiros dourados, enquanto enfiava na boca um pedaço de nuvem açucarada. Fechou os olhos para sentir o algodão dissolvendo na língua e quando voltou a abrir, ele já estava ali.

Com as mãos no bolso, de pé na sua frente, ele perguntou sem sorrir:

– Você ia embora sem se despedir de mim?

Ela nada. Lambeu os lábios, olhou para baixo, depois em seus olhos e falou num tom grave:

– Não sou como você gostaria, Arthur. Sou diferente.

– O que você quer dizer? – perguntou ele, franzindo ainda mais a testa.

E ela, levantando-se num movimento gracioso, disse mordiscando os lábios e abaixando o rosto:

– Não é segura sua candidatura ao meu afeto.

– Mas, por quê?

– Porque além de ambígua e indecisa, às vezes, também posso ser destrutiva.

Apanhou a mala do chão e pensou "veja, minhas certezas cabem nessa maleta!" Mas não disse. Depois continuou:

– É com carinho que te digo: recolha o que passou. Eu preciso seguir meu caminho.

Ele ficou atônito vendo-a desaparecer depois da porta do trem que apitava e rangia sobre o trilho. Sentou-se naquele mesmo banco onde a havia encontrado, respirou fundo, passou a mão pela testa e viu ao seu lado um algodão doce azul faltando um pedaço.

Foi arremessado ao passado. Voltou ao inicio do verão, à cama de solteiro do seu quarto precariamente iluminado pela luz de um abajur coberto por um casaco, com Muddy Waters na vitrola e ela sussurrando ao seu lado:

– Eu gosto de algodão e de gente doce. Gosto de brisa e de lugar calmo! Ai, eu gosto de dia quente e abafado quando eu posso mergulhar no mar gelado. (...) Sabia que sou de aquário? Você acredita que eu gosto de gente que nunca vi? E também de história de amor; de catchup picante e de coxinha de Catupiry!

Era de uma intensidade contagiante, dessas que nos deixam inexplicavelmente felizes. Porém, dali um instante:

– Já vou. Não, não quero companhia, obrigada. Não, a casa da minha tia é logo ali, e além do mais, eu quero ficar sozinha. Depois a gente se fala. Não, amanhã não. Outro dia você me liga. Não, obrigada, não quero leite queimado. Não quero algodão doce, nem quero ir ao parque.

E assim, ela desaparecia por dois ou três dias. Depois voltava – iluminada, feliz e perfumada. Dava-lhe o braço, de surpresa, no meio da rua e, se sorrindo toda, com bochecha, olhos e boca, dizia animada:

– Vamos agora pra praia?

Antes mesmo de ter a chance de fechar a cara, ela o fazia sorrir, como num passe de mágica. Mais tarde, desenhando com o dedo na areia branca, ela explicava que nos dias passados não estava para amigos e que no lugar de passear, preferiu pintar e ler um certo livro.

Então, eles voltavam às boas. Mas, não demorava, e sem qualquer explicação, chegava outra noite em que pedia à tia para dizer que ela não estava.

Certo dia, antes do fim das férias, ela, também sem qualquer razão, arrumou as malas, deu um beijo estalado na bochecha da tia e disse obrigada. Voltaria naquela mesma tarde para a casa de seus pais na cidade onde morava.

Quando desembarcou na estação movimentada, procurou um carrinho de algodão doce por toda parte – precisava matar o quanto antes aquela vontade azul que ficara no banco pela metade. Mas não encontrou nenhum. Saiu na rua e sentiu o calor do asfalto; olhou para os lados e enxergou o fato de que não existiam parques na cidade, nem praças redondas para os namorados. Nada de praia, nada de brisa, nem de calma. Na calçada, os transeuntes caminhavam agitados. Tomou, de repente, uma trombada de um senhor mal-educado; depois sentiu o bafo quente do bonde que escorregava pela rua, lotado.

Deu meia-volta com o coração disparado, e pegou o primeiro trem para a pequena cidade de praia. Beijou novamente a tia; desfez a mala; escreveu um pedaço de carta; correu pela rua desvairada e bateu na porta da casa dele.

Quando ele abriu, seu rosto de menino tinha a expressão de quem viu o sol brilhando na madrugada. Ela lhe estendeu um papel e ele leu em voz baixa.

“Desarrumei outra vez minhas certezas. Estão todas penduradas. Mas, não menti quando te falei que vivo a vida do poeta, nem feliz, nem triste. Incompleta. Sou assim, você sabe. Azul e doce, ou esquisita, como dizem. Por isso não peço desculpas, nem faço promessas. Só convites. Fica comigo essa noite pra sempre?”

Deliciosa e destrutiva, aquela menina de açúcar e anilina já fazia parte de sua vida.

Da ferocidade criativa

O homem sensato se adapta ao mundo. O insensato adapta o mundo a ele mesmo. (Todo progresso depende dos insensatos).
GEORGE BERNARD SHAW

Ah, os invejosos, os gulosos, os curiosos, os vaidosos e os apaixonados. Sem esse bando de tortos não haveria a literatura, a música, nem o teatro. Sem eles estaríamos condenados a um monumental marasmo.

Não fossem os inconformados, não haveria flauta, nem espelho, nem calda de chocolate. Não haveria espartilho, nem mármore esculpido, nem uísque de milho. Nada de romances proibidos, nenhum ópio, nada de delírio. Nenhuma revolução, nada de telefone, avião, nem televisão. Nada de banho de espuma quente, nem remédio para dor de dente!

Aqueles que lutaram para saciar seus próprios anseios, e curiosidades, inventaram a roda; descobriram a pólvora; e transformaram o mundo numa fábrica de possibilidades.

Ora, como se sabe, a natureza humana é tão magnífica, imprevisível e desastrosa quanto à própria mãe natureza. Nós humanos, apesar da consciência de estarmos vivos e do talento do raciocínio, não passamos de bichos (pensativos).

Bichos cheios de incontroláveis instintos. Mamíferos penteados, de dentes escovados e cangotes perfumadíssimos. Selvagens disfarçados de terno e gravata; salto alto e vestido. Por fora, domesticados e polidos; por dentro, uma explosão caótica de hormônios e sentimentos vivos.

A cabeça é um órgão ferocíssimo! Que faz sinapses, ora bélicas e maquiavélicas; ora impróprias e fabulosas, não por outra razão somos seres cheios de ambição.

Nascemos em branco, mas tão logo conhecemos a fome, a dor, o desejo, o amor, a inveja, a raiva, a palavra, a música, a história e a literatura, deduzimos que também podemos tentar transformar o mundo a nosso contento.

Assim, vamos esperando, na fila da vida, pelo melhor momento. E, enquanto não chega nossa vez, observamos o progresso alheio. Algumas vezes impacientes com a demora, noutras irritados com o sucesso de quem chegou lá primeiro – mas, sem nunca deixar de planejar nosso próprio enredo.

Tenho uma grande amiga que passou os últimos oito anos na fila, sendo assistente de cozinha. Descascou quilos de batatas, picou baldes de cebola, areou mil panelas e varreu muito chão. Mas para cada tarefa realizada, usava sempre a mesma motivação. A certeza de que na hora certa era ela quem teria o apito na mão. E a cada dia que passava o sonho de ter seu próprio restaurante ia ficando menos distante.

Até quando chegou o momento gente grande, e foi preciso escolher entre arriscar tudo e tentar dobrar o mundo; ou continuar esperando para ver o que ele ofereceria.

Felizmente, ela também é do tipo insensata, inconformada, gulosa e apaixonada. Metade coruja, metade leoa, não teve dúvida sobre o que fazer: arregaçou as mangas, afiou as garras e foi, pra matar ou morrer. E é por isso que hoje estou celebrando esse nosso lado bicho de ser!

– Um viva àqueles que interferem nos fatos e montam o cavalo no pelo.

E à prerrogativa humana de sermos, de vez em quando, pra lá de insensatos!

– Pra você, minha feroz amiga, sucesso dobrado!

Coisa de filha

Não adianta gritar, espernear, bater palma, rebolar ou oferecer dinheiro, o tempo não para. Não, ele não acelera, não estaciona, nem dá meia volta. Passada a primeira, ele vai embora.

Até hoje, de vez em quando, minha mãe diz que vai me bater se eu não parar de crescer! Mas isso é coisa que eu ouço desde que nasci. Ela fala de brincadeira, mordendo o lábio e puxando minha orelha, mas no fundo eu acho mesmo que o que ela queria era que eu nunca tivesse deixado de ser menina.

Ou melhor, a menina dela!

Aquela de cara redonda, olho puxado e cabelo arrepiado. Que era beijoqueira e medrosa; ria com os olhos e gostava de cortar o cabelo, sentada na pia do banheiro. Mas eu cresci, fazer o quê!

Primeiro, deixei de ser a neném a quem, de dia, ela dava mamadeira de Coca-Cola e, à noite, colocava na cadeirinha do banco de trás do carro para fazer dormir passeando pelo bairro, para virar uma menina vestida de uniforme jeans da escola Crescer.

Mas dessa fase ela gostava. Aliás, éramos coladas. Íamos ao Parque Gostoso (é que eu nunca conseguia falar Moscoso, e agora é tarde para consertar) e ela tirava uma porção de fotos. Acho que nessa época minha mãe já sentia que o tempo logo nos levaria para outros lugares e tratava de se vingar tirando fotografias para aprisioná-lo. Ou porque ela era estudante de Artes Plásticas, ou porque sempre teve um senso estético apurado, meus retratos de criança são lindos e bem enquadrados.

Também dessa época, me lembro de ter ganhado dela uma escova que tinha na ponta um chocalho e fazia barulho quando eu escovava os dentes. Talvez porque ela, desde sempre, quis que eu fosse independente, me deixava sozinha, de pé, no banco diante da pia e depois dizia se o barulhinho tinha sido suficiente. Como é engraçado pensar como essas coisas ficam na memória da gente...

E foi nessa época também que ela me ofereceu um trato: aos domingos, antes dos Trapalhões, se eu deixasse ela cortar meu cabelo eu tinha direito de tomar banho de banheira. Ah, imagina! Todo domingo era dia de cortar cabelo. E eu nem queria saber. Ficava sentadinha na pia balançando as pernas de alegria porque sabia que dali a pouco eu e meu irmão iríamos brincar até enrugar os dedos naquela banheira cheia de brinquedos.

Mas essa fase passou voando e logo eu já estava virando uma mocinha faladeira e vaidosa, que batia o pé para escolher as próprias roupas, que já não deixava tirar retratos à toa e, menos ainda, cortar meu cabelo.

Aos sábados, depois da feira, ela me levava na Leite Mel – ah, eu adorava! – só que a gente nunca concordava. Eu sempre queria o que fosse mais colorido e brilhante e ela tentava me convencer sobre o que ela achava mais bacana. Mas, eu, como já era metida a ser gente grande, às vezes vencia no choro, e saía da loja feliz de saia balonê e bustiê amarelo ovo.

Mais tarde, quando a adolescência chegou de vez, ela já devia estar à beira de enlouquecer – eu sei que fui uma aborrescente típica, dessas de doer. Não saía do telefone, não achava mais graça em passar os finais de semana na casa de praia, e quando era contrariada, ficava no quarto, de cara fechada.

Mas ela nunca me deu moleza. Se por acaso eu tirasse alguma nota baixa ou aprontasse, era castigo com certeza. Ela sempre foi um poço de autoridade, mas nessa época eu aprendi que a última coisa que eu queria ver era minha mãe ficar brava.

Aí vieram as festas e os namorados, e eu lentamente fui escapando dos seus abraços; me fechando em segredos e sonhos fantásticos. Experimentei cigarro, para nunca mais; bebi vinho no gargalo; pintei de preto os olhos e também o contorno dos lábios;

ouvi muito Guns'n Roses e troquei minha festa de quinze anos por um carro.

E só anos mais tarde, quando eu estava estudando arte na faculdade, é que eu me dei conta de que era perda de tempo não aproveitar a oportunidade de ter uma mulher-fera como ela ao meu lado.

Assim, naturalmente, nos reaproximamos e voltamos a trocar ideias e admiração. Entrei de cabeça na profissão, de véu na igreja e para muito longe dentro de um avião – com ela sempre ali, firme, segurando minha mão.

Hoje, somos duas mulheres cheias de planos. Não se sabe até quando. Porque o tempo, misterioso, curativo e soberano, vai continuar esticando nossa pele e nos transformando.

Quem sabe nos próximos anos eu deixe de ser filha para, enfim, conhecer a mesma angústia e alegria que ela sente desde o dia em que eu entrei na sua vida.

Amigos?

No princípio eram os verbos. Conjugavam. Iam (à praia), conversavam (sobre tudo e sobre nada), rachavam (a conta), ficavam (de porre) e dividiam (angústias e lamúrias sobre seus respectivos namorados).

Eram amigos desde o tempo da escola, quando faziam absolutamente tudo juntos, inclusive, de modos escusos, as provas. Moravam na mesma rua; pegavam o mesmo ônibus para Manguinhos em busca das ondas; disputavam a mesma calçada na corrida de bicicleta; e quando aprontavam alguma, combinavam as mesmas mentiras para escapar das broncas

Ela, mais egoísta; ele, mais generoso. Ela, engraçada, bonita; ele, nem bonito, nem feio; charmoso. Eram parceiros perfeitos.

Se no fim da festa, ela fosse embora de carona com outro garoto, ele a esperava na porta de casa e só ia dormir depois de vê-la entrar, sã e salva.

Se ele ficasse de paquera com uma garota do colégio, ela não sossegava enquanto não descobrisse nela algum traço maléfico ou condenável.

Se ela cortasse o cabelo, corria para casa dele para perguntar, chorosa, o veredito – bonito ou feio?

Se ele perdesse o campeonato e voltasse para casa sem medalha, era ela quem o consolava, às vezes, com um banho de mangueira e uma farra; noutras, com uma caixa de "língua de gato" e um abraço apertado.

Se ela tivesse o coração partido, ele emprestava o ombro e os ouvidos. Mas, quando era ele quem tomava um fora, ela nem disfarçava o sorriso.

Nota: como se sabe, sentimentos costumam ser complexos e inexoráveis.

Um belo dia, ele conheceu uma garota especial, doce, meiga e, o pior, super legal. O namoro engatou e, diferente das outras vezes, ele decidiu apresentá-la à família e, claro, à melhor amiga. Foi no dia do seu aniversário. Depois da festa, ele foi deixar a namorada em casa e na volta, encontrou a velha amiga roendo as unhas, sentada na calçada.

Já era madrugada. Ele saiu do carro, bateu a porta e, como de costume, enfiou as mãos nos bolsos da calça:

– O que você tá fazendo aí sozinha, menina?

Pronto, aquela foi a deixa para uma cena memorável. De repente, viu a amiga tendo um surto. Ela se rasgou em ciúmes, esbravejou, chorou, fugiu do abraço e confessou que aquele sentimento não era nenhuma novidade. Ele, claro, apertou-a contra o peito e riu o riso dos aliviados.

Se beijaram até a noite virar dia. Depois, namoraram, noivaram e se casaram. Foram felizes; felizes e infelizes. Compraram um apartamento, e como todo casal, experimentaram os sabores e dissabores dos altos e baixos. Aconteceu que, num desses baixos, ela se apaixonou por outro. Não disse que sentimentos são complicados? Pois é. E, como antes de serem cônjuges, eram melhores amigos, fizeram uma separação amigável. Ou quase.

Aquele fim também teve seu lado trágico. Lamentável – amigos comentavam – "aqueles dois não se amaram mais por falta de espaço..." Literalmente. De tanto querer ficar junto, por garantia, decidiram trocar um amor de rua, de praia, de quintal, de pátio, por um compromisso, num conjugado.

Qualquer um podia ver que desde sempre os dois foram apaixonados. Apaixonados pelo jeito de ser esparramado; pela espontaneidade; pela liberdade da convivência perfumada; pelo frescor dos encontros sem cobranças; pelo ciúme velado; pela admiração sem tamanho; pela diversão; pela verdade; pela ausência de rótulo; ou, senão, pelo colorido de amizade.

Agora acabou. Talvez tenham razão os que dizem que o amor não sabe ser domesticado.

De vez em quando ela telefona, pergunta como vai a vida, puxa papo e, no fim, indaga o que no passado jamais precisou ser perguntado – amigos?

Ele ri, desconversa e desliga apressado.

Procura evitá-la.

À realidade, prefere os retratos amarelados que remontam aquela vizinha linda, namoradeira, engraçada e que de tão cheia de vida não coube em seus braços.

Reajuste

De repente, ela se dá conta de que perdeu as chaves. Revira a bolsa e os bolsos, olha para os lados e para chão. Bufa alto, chama a atenção.

Faz o caminho de volta, pergunta aqui, pergunta ali e nada. Experimenta a impossibilidade de ir embora – e isso a apavora. Com fome, os pés latejando, depois de um dia inteiro trabalhando, sem ter como entrar no próprio carro, ou em casa, ela senta no meio-fio.

Chora.

Era a gota d'água para o fim do mundo. A falta das chaves fez com que uma raiva desgovernada se alastrasse pelo seu corpo como um terremoto. Inundando os olhos e espalhando feito lava uma espécie de ódio daquelas pessoas que passavam apressadas; daquela praça e, especialmente, de si própria. De repente, sentiu-se cansada.

Cansou de ser correta, de usar as roupas combinando e de correr, todos os dias feito louca, para chegar na hora certa. Cansou da salada de alface com tomate, do condicionador mais em conta e da ginástica. Cansou de lavar louça e de subir quatro lances de escada para chegar em casa. Cansou da cor de renda em suas unhas amareladas, cansou de sentir doer o calo no sapato e cansou do salto alto. Cansou de pedir desculpas e de ser desculpada. Cansou de dar e levar patadas. Cansou de medir as palavras. Cansou de ser fofa, de ser santa e de ser sensata. Cansou de ser boa filha, boa esposa e boa amiga. Ela cansou de tudo ao mesmo tempo, naquele dia.

Num ataque de fúria, tirou do punho o relógio, descalçou o sapato e pediu ao transeunte que passava um cigarro. Soltou os cabelos e deitou no capô do carro. Naquele instante o céu estava deixando de ser claro e, como nunca acontecera antes, ela viu nascer a primeira estrela da noite, brilhando solitária, perto da linha do horizonte. Depois viu outra, e mais uma. Até chegar a vez da lua, que naquela noite se apresentou metade branca, metade escura.

Não sabia quanto tempo havia ficado ali, olhando para o alto, mas, quando voltou a ficar sentada, o que viu foi outro cenário. No lugar de pessoas andando rápido de cara fechada, havia crianças correndo pela quadra e casais passeando de mãos dadas. Havia também agora um carrinho de pipoca, uma meia dúzia de cachorros arrastando seus donos, outra meia dúzia de meninos brincando e um par de jovens jogando conversa fora.

De repente, as chaves não faziam mais tanta falta. E como num estalo o mundo reapareceu intacto – se houve mesmo um terremoto, já havia passado. Ela então desceu do capô do carro, comprou uma pipoca e caminhou descalça pelo parque. Depois sentou num banco e ficou observando uma criança que brincava na areia, perto do balanço. Era uma menina morena de vestido amarelo que enterrava e desenterrava com a pá de plástico uma coisa que brilhava.

Desacreditando, ela chegou mais perto e foi se envergando devagarzinho até ter certeza de que era aquele o brinquedo de que ela precisava, seu velho redondo chaveiro de globo terrestre, carcomido e descascado, mas guardião de todas as chaves.

Tsc, não é o mundo que cansa. É a maneira falida como reagimos a ele todos os dias. É o modo como fugimos desesperadamente do que não entendemos.

É a pressa de conquistar o quanto antes, a qualquer custo, um escudo contra a insegurança.

É a vida vivida na teoria. É a pedrada que damos e é a mão na buzina, É a reação ao empurrão que levamos e ao sucesso da vizinha. Mas a vida ensina.

Quando se tem todas as chaves na mão e a cabeça exaustivamente ocupada, o mundo parece dar um jeitinho de preparar homeopáticas ciladas.

Fato é que tentar colocar o mundo no bolso pode dar uma canseira danada, mesmo porque, de uma hora para outra, elas bem podem acabar acidentalmente soterradas. Aí, já sabe, só com algum reajuste na alma é possível reencontrá-las.

O invejoso não é um sujeito que deseja o que o outro tem. Ele é aquele que o julga indigno de tê-lo. O invejoso não suporta que o outro possa ser aquilo que ele não é, ou ter aquilo que ele não tem. E nem importa como o outro tenha conquistado a glória, se com sorte e facilidade ou suor e sacrifício, o fato é que o invejoso secretamente rivaliza.

Diferente da cobiça, que se sustenta sobre o desejo do que é de posse de terceiros, a inveja é um despeito pelo sucesso alheio, que não raro se converte na tentativa, maldosa, de retirar-lhe a dignidade. E é espremendo mentalmente a justificativa deste não merecimento que nasce o veneno.

Está na raiz da inveja o sentimento de delação, "se eu não posso, ele não pode". Ou, em português claro, a inveja é o útero de toda fofoca.

Daí o trunfo do disfarce: fofoca é palavra venenosa, fato aleijado ou mentira órfã, semeada ao sabor do vento. Você sabe, não há como recolher as plumas negras espalhadas por um vendaval. Mesmo porque, depois de misturadas à poeira, elas tomam acento sobre os telhados das casas, entram janela abaixo, caem sobre os jarros, se mesclam nas compotas e colam nas paredes da garganta de uma gente de cera, que faz questão de passá-las adiante como sendo verdadeiras.

– Coisa feia!

A maldade bem disfarçada não se esconde; desfila e sapateia.

– Fazer o quê sobre isso? Se a fofoca é a recreação dos não-criativos!

Remédio único está na imortalizada canção de Cazuza que, em verso, implora "vamos pedir piedade, Senhor piedade, pra essa gente careta e covarde".

Ah, quanta gente pequena não escolhe ou inventa rivais que lhes ignoram a existência? E quantas pessoas ricas de espírito não são martirizadas por palavras atiradas às escondidas. Sim, porque aos olhos invejosos, pessoas de bem com a vida, sortudas ou simplesmente sadias parecem caminhar pela rua num tanque de guerra, branco, intimando-os para um confronto.

A guerra, como se sabe, está na cabeça de quem enxerga a felicidade alheia como um insulto à própria miséria.

Por que no lugar de construir um tanque forte para si, eles continuam ali, de trás da moita, atirando veneno e palavras negras ao vento, na tentativa de sujar a brancura de qualquer um que atravesse de cabeça erguida a rua?

Não é à toa que muita mãe ensina a velha lição: seja educado, mastigue de boca fechada, não grite, nem fale palavrão. E se, por acaso, você conhecer a felicidade, meu filho, não espalhe. Muita gente também se sente agredida com isso.

Engraçado, parece que hoje a fofoca não só é um tipo aceito de maldade, como é também uma prática desejável. Ora, quem nunca sabe da última ou não tem na ponta da língua uma historinha suja é normalmente a chata da turma. É que mais do que nunca, na nossa cultura o cinismo é o rei do circo.

Honestamente, acho triste assistir ao venenoso produto da inveja sendo difundido e festejado pelos cafés, festas, academias, salas e salões da cidade, sem falar da mídia especializada, que é um caso à parte. Convenhamos, repassar a maldade pelo simples prazer de ver o outro arregalar a cara é, dos truques, o mais barato.

Fofoca só não é um passatempo. É uma forma de maldade. Em todo caso, pros caretas e covardes, Senhor, piedade.

Cria de pai

São três da madrugada e eu estou deitada num colchão no chão do meu quarto, que estava passando por uma reforma. Meu pai está deitado do meu lado, claro – aos oito anos eu raramente dormia sozinha, porque era muito, mas muito medrosa. De repente, eu acordo assustada e vejo no escuro um vulto parado. Acordo meu pai em estado de choque: "eu juro pai, tava bem ali na porta!"

Mesmo morrendo de sono, e conhecendo meu potencial fantasioso, ele, por solidariedade, segurança ou porque fazia parte da cena psicológica, se levanta e vai fazer uma ronda pela casa. Depois volta: "tá vendo meu amor, não tem ninguém, não tem nada. Dorme, tá tudo bem agora".

Antevéspera de Réveillon, inverno gelado em Barcelona, na Espanha. Quicando de frio na fila da única cabina telefônica da rua onde morava, eu revia mentalmente o discurso que faria para explicar que achava que a experiência de morar fora já tinha sido válida e que eu queria mesmo voltar para casa, mesmo sendo antes da hora e com um curso de espanhol inacabado. Detalhe, minha mãe já tinha deixado claro que se eu tivesse a adolescente audácia de abandonar o curso, já pago, pela metade, o castigo ia ser dobrado. Quando chega minha vez, coloco as fichas e telefono direto para o meu pai, no trabalho. "Pai, tá um frio danado. Eu queria voltar para casa".

Mesmo conhecendo meu potencial para a malandragem, ele, por saudade, pena ou porque fazia parte do seu charme, diz sem titubear: "Vem minha flor, eu seguro as pontas com a sua mãe. Volta pra casa".

Noite de sábado do verão de 1993, Guarapari. Estou

chorando inconformada porque aos treze anos de idade, eu quero desesperadamente ir à boate – mas minha mãe não deixa, é claro. Como em todos os outros finais de semana, a cena está armada, ela diz não e eu choro até ficar descabelada. Só que dessa vez, ou para ser engraçada ou para dividir com ele o papel de malvada, minha mãe sugere ironicamente que eu peça ao meu pai para me levar (e ficar comigo) na *Lua Azul*, no caso. Pronto, ele não teve mais sossego porque eu implorava praticamente de joelhos o sacrifício de me levar para conhecer, finalmente, a tal sonhada boate. "Não custa nada, me leva pai! Só um pouquinho, por favor..."

Mesmo conhecendo meu potencial para a precocidade, ele, por caridade, companheirismo ou porque fazia parte do roteiro de pai de menina naquela idade, me leva ao raio da boate e fica de longe me olhando dançar na pista bem empolgada, piscando eventualmente para mim, quando nossos olhos de cruzavam.

Manhã de um domingo de outro dia desses. Estou sentada no chão da sala de casa com a cara inchada. Faz uma hora que eu estou chorando, metade de susto, metade de um misto de medo e felicidade. Telefono para o meu pai, que acabou de acordar e ainda nem tomou o primeiro gole de café, e digo num tom grave: "Pai, acho que eu tenho uma coisa importante para te falar..."

Mesmo conhecendo meu potencial para dramaticidade, ele, por alegria, emoção ou porque a positividade é um dos traços mais fortes da sua personalidade, diz muito calmo: "Minha filha, tá tudo bem. Agora, confirma e me liga, porque se for para comemorar, eu quero comemorar de verdade!"

Meu pai sempre foi e sempre vai ser meu super-herói. Um personagem mágico que me apazigua, me fortalece, me encoraja e me salva sempre, desde criança, passando pela aborrescência e até agora, quando, teoricamente, já quase passou da hora.

Acho mesmo que amor de pai é amor de sobra. Compreensão além da medida e disposição a toda prova. Porque pai não carrega filho na barriga, não enjoa, não vomita, não amamenta, nem faz cesariana. Em compensação, passa o resto da vida nutrindo a cria num imaginário espaço amniótico onde tudo é possível e quase tudo é permitido, inclusive jamais deixar de enxergar uma filhinha, mesmo quando ela já é bem crescidinha e também já passou para o time das que não são mais criadas, criam.

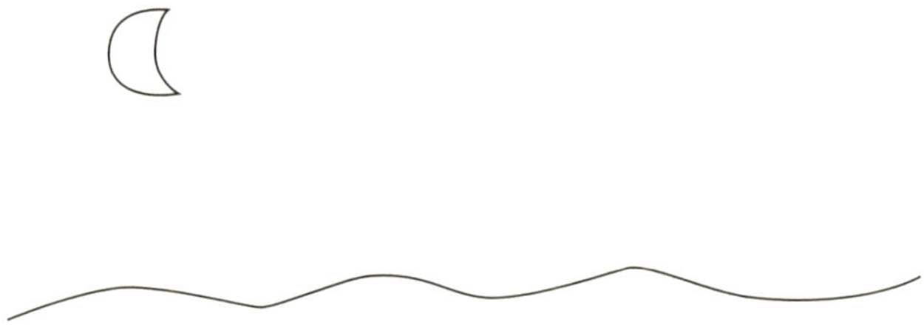

Cigana cotidiana

De vestido comprido, flor no cabelo, batom nos lábios e colo perfumado, te preparo um caldo. É de marisco, vinho branco, segredo e azeite. Faz parte do feitiço: com uma mão mexo o caldeirão e com a outra bebo da taça de boca larga. Remexo o quadril ao som da música que toca e viro os olhos para o relógio, que do alto da parede, espreme a hora. Falta pouco, você não demora.

Discretíssimas são minhas feitiçarias.

Troco sorrisos por carinho, mas se gritar comigo, eu revido. Arrepio, se me mexer nos cabelos e abraço apertado, de olhos fechados, quando tenho medo. Choro se você vai embora. Mas finjo que não ligo. Minto só quando preciso. E se te contrario, é porque não resisto.

Faço-me de louca pra te ver perder a cabeça, porque acho que a inquietude assenta com a sua beleza. Olho curiosa para a gaiola em que você guarda seus segredos. Mas compreendo que cada um tem seu próprio viveiro.

De repente, te beijo, mordo, assopro, adoro, odeio. Fico nervosa e amarro para o alto o cabelo. Depois digo que te amo, tiro o sapato e me esqueço do calo. Faço silêncio. Ouço uma estrela caindo e uma flor se abrindo. Sinto uma poesia preguiçosa passear pela minha cabeça. Adormeço.

Se em seu lugar é o despertador que me acorda, desobedeço. E faço vinte minutos de hora, mesmo tendo que acordar cedo. Tomo café preto e tudo folheio. O jornal e o que mais alcançarem meus dedos, Hilda Hilst, Jorge Amado, Rosa Monteiro. Sublinho toda palavra que em mim cause efeito. Bebo outro café, te telefono, me visto, passo água de cheiro. Saio de casa, me acho e me perco. Pressinto que, se eu parar por um segundo, pode acontecer alguma coisa terrível. Por isso agito, invento prazos, recrio desejos e, a mim mesma, me submeto.

Minha sina é procurar respostas e dependendo do atravessado da hora, cuspo também perguntas de sobra, "por onde você andou? Por que deixou a faca suja de manteiga? Por que você não fecha a boca e me beija?"

Mas também sei contar história e refaço com delicadeza a trilha das migalhas secas do meu dia.

Você João, eu Maria. De salto alto, na beira do fogão, coberta de guizos e bijuterias. Fazendo comida – e feitiçaria. Ponho a mesa e a cama, metade mulher, a outra dama. Te chamo para dançar, te faço um poema, te encanto. Depois escondo as chaves, reinvento os planos, zombo da lei dos homens, te deixo tonto. Você pede sossego, zanga. Aí eu fico metida e subo na cadeira para dizer que não sei viver na calmaria; que não gosto de canja, nem de novela, nem camisola branca. Que não sou sensata, nem muito menos santa.

Irremediável. Dentro de mim mora uma cigana.

Bola de cristal pendurada no céu negro; cravo vermelho fincado no decote entre os seios; cordão de ouro; pé de coelho; carta de amor debaixo do travesseiro e uma lágrima de saudade misturada no caldo, que é o segredo. Mandinga minha, de mulher-menina, expulsa do paraíso.

Adorável e perigosíssima.

Criticar.

– Ah, impressionante como a intimidade atrai as cobranças e afasta o hábito do elogio.

Depois de meses ou anos dividindo a mesma pia, nos sentimos no direito de apontar os defeitos alheios com a santíssima intenção de corrigi-los.

A convivência parece instaurar uma espécie de fiel preocupação com a evolução de nossos parceiros. De repente, nos tornamos gerentes do setor para o progresso do casal e adquirimos uma espécie autoridade suprema para interferir. Criticamos o excesso de catchup, o corte de cabelo, a camiseta preferida, a cor do sapato, o gosto duvidoso para gravatas, a distração, os hábitos no trânsito, a indecisão e o volume de trabalho. Tudo sob a mui justa batuta da confiança mútua.

O romance passa a ser um ringue, onde a sinceridade sempre vence por nocaute. Mas, como se sabe, na maioria das vezes, falta medida, ou a simples percepção de que nós não somos os únicos que sabemos tudo. Ou, mais claro ainda, que o nosso ponto de vista nem sempre é o melhor do mundo.

Exigimos eficácia em todos os departamentos. Talvez porque no fundo, depois de nos sentirmos detentores do coração do outro, nos tornemos um bando de egoístas! E passemos a acreditar, sincera ou ingenuamente, que o amor traz (como acessórios) todas as premissas.

Nos esquecemos do começo do namoro, quando toda e qualquer palavra adivinha do dicionário delicado e as frases massageavam até as vértebras da espinha. Quando os cabelos e hábitos eram venerados; e o excesso de catchup, a camiseta, as gravatas e a cor do sapato, eram só engraçados. No início nos chamamos carinho, de sobrenome atenção.

De dia, amorzinho; à noite, furacão. E, assim, seguimos de olhos fechados, sob um céu de brigadeiro, amantes perdidos entre os dedos das mãos.

Depois, cabe aqui um barulho de trovão, com a relação firmada, o tempo fecha, os olhos se abrem e as mãos, que antes borboleteavam ligeiras, agora se apresentam em riste, com o indicador firmemente apontado. Pronto, daí em diante, espera-se que o romance, o carinho, o compromisso e a excitação sejam adventos automáticos!

Muitos justificarão que com a pia, a casa, o lixo, as crianças, as contas, o supermercado e o cansaço é natural que a cama passe a ser um terreno de movimentos mais diretos, ou mais práticos. Onde beijos demorados serão trocados por diálogos terapêuticos (sobre as potencialidades da personalidade) e inquéritos sobre os projetos para aniquilação dos defeitos.

Que medo!

Ora, ninguém quer (ou precisa) ser lembrado, especialmente pelo ser amado, que a barriga está saliente, que a pele anda diferente e que o cabelo precisa de uma visita ao salão urgente. Porque, claro, como nossas mães já fizeram, ou ainda fazem, o papel da governanta exigente, cada um sabe perfeitamente o que anda errado, e o que fazer para sanar o próprio problema.

Vai entender... Parceiros nunca fogem ao velho pacto de mútuo cuidado, mas infelizmente, não raro, criticamos, julgamos, tropeçamos na toga e condenamos exatamente aquele que sabe, como poucos, nos absolver.

Outras muralhas

Na manhã de 13 de agosto de 1961, a população de Berlim acordou com um barulho estranho. Era um inusitado movimento de milicianos da Alemanha Comunista que trabalhavam rapidamente para estender de fora a fora um interminável rolo de arame farpado. O arame, que se alongou por dezenas de quilômetros dentro da zona residencial da cidade, foi em seguida transformado num muro concretado. Aquela muralha foi considerada uma fronteira ideológica entre o presente e o passado – ou, o símbolo maior de uma guerra pacífica, apelidada de fria.

Toda ruptura é vertiginosa, sobretudo quando ela divide uma unidade feliz. Ou quando separa duas pessoas que se amando sinceramente, um dia abriram os braços e fizeram um país.

Durante anos eles dividiram a mesma geladeira, a mesma cama, às vezes a mesma toalha e, quase sempre, a sobremesa. Namorados, mãos dadas, beijos demorados, cumplicidades delicadas, festas particulares e cama de canga estendida na areia da praia. Depois, no apartamento pago a prazo, pés encostados, supermercado aos sábados, a eterna disputa pela marca do requeijão e, aos domingos, o cochilo salgado no sofá, ao som de Faustão. Mais tarde, olhares afastados, palavras atravessadas, dispensa abarrotada de pequenas mágoas, corpos abandonados pelo coração – virados de costas no colchão.

E, assim, da noite para o dia, sem aviso de chegada, uma conversa esparrama sobre o edredom a fatídica conclusão:

– Por que se amaram de verdade, não aceitavam amar-se daquela outra maneira – branda, conformada, corriqueira. De comum acordo, então, estendem o farpado arame do desencanto. Uma muralha estava em construção.

Tempos frios. Militância muda. Guerra desarmada. Sem tragédia, sem escândalo, sem tumulto, nem discussão. Era somente uma medida de distância. Separação.

Poucos entenderam. Muitos especularam. Teorias foram levantadas, acusações discretamente pleiteadas. Injustiças foram feitas e os fatos meticulosamente analisados.

Mas só eles, que por longas madrugadas presenciaram tijolos sendo cimentados, conhecem a dor daquela morte sem violência. Só eles presenciaram a absoluta ausência de uma razão que jazesse no chão para ser chorada. Só eles sabiam que não se tratava de sucesso ou fracasso. Só neles, o calafrio imposto pelo concreto gelado.

Nunca mais os pés encostados, nunca mais o mesmo carrinho de supermercado. Nunca mais o sabonete dela decorado com o fio de cabelo do peito dele; nunca mais a gilete dele com resquícios das penugens dela. Nunca mais o chaveiro de abridor de garrafa pendurado na porta. Nunca mais na pia do banheiro, os batons cor-de-rosa. Nunca mais o travesseiro com cheiro de maçã. Nunca mais a prancha de surfe atrás da porta. Nunca mais o beijo de despedida nas manhãs.

Ex-amigos, ex-amantes, ex-felizes-parceiros, herdeiros de uma desmesurada ternura e de um país partido ao meio.

Nunca mais se encontraram, apesar de viverem no mesmo bairro. Amigos em comum evitam comentários. Objetos e fotos, que testemunharam a antiga felicidade, habitam agora as gavetas e armários. São acidentes esporádicos, golpes nostálgicos que ecoam no muro que ficou e que agora está decorado com novos retratos, para disfarçar o chumbo da cor.

Silêncio. Acabou.

A guerra pode criar a paz do mesmo modo com que o ódio pode criar o amor.

Da elegância

Dia desses, na saída de um consultório médico, um senhor, que já havia me atropelado na hora de apanhar um copo plástico, na fila do bebedouro, fez o favor de me dar um banho, quando me empurrou para passar primeiro pela pesada porta de vidro, que ele também deixou bater na minha cara. Depois, não satisfeito, saindo do estacionamento, ele abaixou o vidro do carro e jogou, sem cerimônia, o copo plástico no meio do asfalto.

Eu sei, esse caso não é nada comparado às atrocidades que presenciamos diariamente, por toda cidade. Sim, o mundo está infestado, e muito infelizmente, ainda não inventaram um repelente para os mal-educados.

Por isso hoje fiquei com vontade de tirar a poeira de um assunto que não raro é tema de colunistas sociais e livros de dicas para gente fina. Mas, antes de falar disso, digo, antes que você torça o nariz para mim, farei um pedido:

Afaste-se por um momento dos conceitos e regras de etiqueta. Esqueça as coisas grifadas, caras e de marca. Não pense em taças de cristal, champanhe, caviar, nem salto fino. Esqueça também os artistas, as revistas, a primeira classe, aquela sua tia magérrima, riquíssima, chiquééérrima. Esqueça.

Elegância não tem nada a ver com frescura – e com futilidade, menos ainda.

Agimos corretamente porque na vida, logo a gente aprende que somente seguindo as regras, primeiro as de boas maneiras, depois as de trânsito, as do condomínio e as da empresa, evitamos o sonoro e velho (a)pito. Aquele, que a gente escuta desde cedo, quando falamos de boca cheia ou limpamos a mão na toalha da mesa.

– Não faça isso, menino!

Não tem jeito, crianças precisam de limites para aprender o que é errado, o que é certo e para a construção do bom e velho discernimento. Mas, a verdade é que criamos e nos submetemos as nossas próprias regras porque coabitamos a Terra. E assim sendo, a manutenção da convivência depende absolutamente do nosso bom comportamento.

Só que elegância não é só o exercício da boa educação. Elegância é desobrigada. É um complemento natural, uma cortesia, um respeito e uma sabedoria.

Ela é a arte de não se fazer notar, aliada ao cuidado sutil de se deixar distinguir.
PAUL VALÉRY

Elegância não se compra. Mesmo porque não está de fato à venda como sugere o mercado de luxo. Elegância é uma virtude que um pouco se herda e muito se aprende.

Ela está nas pessoas que falam baixo; que elogiam mais do que criticam; e nas que ouvem mais do que falam. Está nas pessoas que não dão bola para fofoca; nas que olham os garçons nos olhos; nas que seguram a porta do elevador e nas que evitam todo e qualquer assunto constrangedor.

A elegância está nas pessoas pontuais.

Elegante é quem demonstra interesse por assuntos que desconhece; e é quem cumpre o que promete.

Elegante é ser generoso.

É não falar de dinheiro, não contar vantagem, nem ser covarde com os outros. Elegante é a gentileza. É o sorriso. É oferecer ajuda e o lugar para alguém sentar. É fazer pelos outros indolores sacrifícios.

A elegância é um charme. Um inescrutável detalhe, que segundo a profética frase, no melhor estilo Pink e Cérebro, de Oscar Wild, traz em si um objetivo secreto e profundo:

Os charmosos dominarão o mundo.

– Ah Oscar, não precisava isso tudo...

Respeito e um pouco de atitude são suficientes para garantir sossego e boa ventura. E isso é magnetismo puro!

Se para muitos, ser elegante parece dar muito trabalho, então só educação mesmo resolve o caso.

Machos, os ingênuos e os sábios

Outro dia, durante um jogo de biriba, um amigo, que já estava no terceiro copo de uísque, disse num tom entre autoconsolação e justificativa:

– É pessoal, acho que ainda este ano eu me caso com fulana. Ela é de boa família, tem um bom emprego, é tranquila, bonita... – e finalizou jogando uma carta na mesa – o que mais eu podia querer na vida?!

Nisso, uma outra amiga, que não estava atrás na contagem etílica, emendou arisca:

– Mas, vem cá. Você gosta dela ou dessa ficha corrida?

E ele, como quem repete um clássico da filosofia masculina:

– Mas quem foi que disse que para casar é preciso estar apaixonado? Que ingenuidade! Para um macho, isso é quase burrice...

Foi aí que eu me enfezei e, do alto da minha sobriedade, emendei comprando uma carta:

– Ah é?! Então por que em vez de ficar requentando esse seu noivado aguado, você não põe um anúncio no jornal? É, coloca lá os pré-requisitos fundamentais de uma boa esposa e pede paras as candidatas enviarem o currículo para sua secretária. Assim, segundo essa sua filosofia, você economiza o fardo do casamento dar errado.

E ele, esboçando um ar abobalhado, gaguejou para dizer que, na verdade, ainda não tinha resolvido nada. Que de fato não era apaixonado pela moça. Mas, como estavam juntos há dois anos e pareciam bons companheiros, a saída era aquela mesmo. Depois, confessou também que, na realidade, o assunto casamento só estava sendo ventilado em seu pensamento por causa da idade dele e da curiosidade de ser pai que já há algum tempo lhe apertava o peito.

Detalhe, um pouco mais tarde, lá pelo quinto copo, enquanto baixava na mesa a mais suja das canastras, ele teve um estalo e reforçou o fato de que, mesmo depois de casado, seguiria viajando com os amigos e curtindo suas festinhas clandestinas.

Engraçado!

O macho faz questão de casar com uma moça perfeita de alma cristalina, mas passa o resto da vida delirando com a possibilidade de ser abordado por uma desconhecida de saia curta e voz rouca que sugira uma fugidinha.

Ora, de que adianta fantasiar com todas as outras sem desejar a própria esposa? Segurar a porta do elevador, fazer gentilezas de supermercado, ceder o lugar na fila da padaria, elogiar o sorriso, vasculhar os decotes e arriscar até um assobio na rua para as moças bonitas; se dentro de casa, para a própria mulher, faz tudo a contragosto, com desleixo e resmungando, como garoto apressado que, em dia de domingo, é obrigado a lavar a louça do almoço.

Seguindo a filosofia-de-vestiário-de-pelada do meu amigo, sedução é coisa para fora do casamento. Afinal, é burrice esse negócio de paixão e sedução do lado de dentro! O negócio é ser comprometido, com uma boa menina, mas seguir vivendo uma vida disponível...

Tudo bem. A razão até pode ser complacente e se sentir saciada com todas as caixinhas da ficha marcada:

Bonita, check!

Educada, check!

Inteligente, check!

Pouco ciumenta, sarada, simpática. Check! Check! Check!

Mas a carne não. Aliás, de condescendente a carne não tem nada. Como se sabe, o corpo deseja vorazmente a caça, o cheiro, o suor, os lábios e a fumaça.

– Ou você vai discordar do fato de que a carne só sossega

quando se sente saciada?

Casado ou não, a vida plena exige o mínimo: corpo e alma unidos.

Exige, sobretudo, o abandono do pessimismo e o encontro com a ingenuidade de se declarar apaixonado. Solução é refazer o caminho. Ser incoerente com o resto dos meninos, rasgar a certidão de macho comedor e se entregar à maior insanidade que existe, a de acreditar no amor.

Incoerente que sou, prefiro a burrice de amar plenamente – ainda que sob o risco de quebrar a cara e ter o coração partido.

Finalmente, para o meu sábio amigo, que naquela noite de biriba secou até a última gota da garrafa de uísque, telefonou para a noiva, que já dormia, deu boa noite, desligou o celular e foi para a farra, que fique dito:

– Essa teoria de casamento pautado pelo bom partido, não é sabedoria, é política.

Mecanismo ou Cisne negro

Torna-te quem tu és.
FRIEDRICH NIETZSCHE

Foi com essa frase que Nietzsche intimou a humanidade à conversão de seres regidos pelo acaso, por seres donos do próprio destino. Contudo, caro amigo, essa é uma tarefa difícil para os que ignoram nosso complexo mecanismo.

Não é fácil, sobretudo, porque já nascemos cercados de gente, por todos os lados. E porque assim que engrena a vida, ou na exata medida em que o óleo da alteridade nos contamina, passamos a ser moldados.

É fato: nos espelhamos porque perseguimos qualquer tipo de relação com a perfeição; e rivalizamos porque nosso projeto secreto sempre será a superação.

Começa tudo em família. Com nossos pais, carinhosos; intolerantes; ausentes; pacientes ou agressivos; nossos irmãos, estudiosos; bagunceiros; malvados; talentosos; bonitos ou feios; e seus predicados que orientam as correias de nossas personalidades e regem as roldanas de nossos hábitos.

Grosseiramente falando, é aquilo, se você nasceu numa casa onde o posto de filho bem-comportado já estava ocupado, fazer o quê? Duelar pelo cargo ou escorregar para o outro lado?

Tanto o fenômeno da admiração quanto o da rivalidade nos pertencem desde a mais tenra idade.

Não sei dizer se esta é uma coisa lamentável; se existe alguma explicação simples nos livros de psicologia e psicanálise; nem se isso se aplica, como eu imagino, à maioria dos casos. Sei que o barqueiro que realiza a travessia para o mundo real tende a se revezar entre os dois arquétipos mais ordinários. O herói e o rival.

Melhor dizendo, se a mente é mesmo uma máquina, então, na função de nos transportar do imaginário para a vida prática, ela elege personagens: ídolos, amigos ou parceiros inseparáveis, a quem atribuímos qualidades fantásticas; e inimigos que, declarados ou não, serão sempre apontados como responsáveis sobre esta ou aquela infelicidade, e justificarão, portanto, nossas secretíssimas agressividades...

Faz parte! Precisamos desses pistões da dualidade.

– Fabricamos o herói que nos alimente, lubrifique e iluda; e o rival que seja o reflexo invertido de nós mesmos e, paradoxalmente, auxilie na força motora da realização de nossos desejos.

Salvo alguns casos, nossos heróis e rivais não passam de obra do imaginário, prova disso é que, na grande maioria das vezes, as pessoas que idolatramos ou com as quais rivalizamos, sequer desconfiam.

Como no thriller psicológico, indicado ao Oscar de melhor filme, *Cisne Negro*, do diretor Darren Aronofsky, onde a personagem central, uma frágil bailarina, personificada pela atriz Natalie Portman, idolatra a prima bailarina da companhia – de quem, literalmente, rouba pequenas coisas, tamanha é a vontade de se parecer com sua heroína.

Já sua arquirrival é protagonizada por uma bailarina novata, que foi casualmente apontada pelo coreógrafo como preparada. E é a partir daí que a disputa entre elas segue acirrada. O que só acontece mesmo dentro da sua cabeça, porque, como se sabe, a tal arquirrival é ela mesma.

Mesmo depois de ter conquistado o que queria, o sonhado posto de primeira bailarina, a menina se perde num labirinto de fantasias, regido por um grave transtorno obsessivo que foi, ao longo da vida, alimentado por sua mãe, uma ex-bailarina perfeccionista e competitiva.

Esse é um filme mais para ser sentido que assistido. E que, pessoalmente, considero imperdível.

Se compararmos, a vida com um Lago dos Cisnes, seremos todos um pouco Odette, um pouco Odile. O bem e o mal, mesclados. Santa, açucarada, encantada, entregue e fraca perante os que idolatramos; valente, vingativa, corajosa e atrevida diante daqueles com os quais rivalizamos.

É, meu caro Nietzsche, a máquina do cérebro ainda não encontrou melhor saída para nos transformar em quem somos.

Não quero ter razão

Eu quero é ser feliz
FERREIRA GULLAR

Sempre gostei dessa frase, mas à medida que o tempo passa, eu a tenho repetido cada vez com mais vontade.

Engraçado, nós mulheres nascemos com um estranho defeito de fabricação: não importa a classe, a cor, a idade, o credo, nem a localização geográfica – o que toda fêmea quer na vida é ter razão.

Verdade. Desde garotinhas, desafiamos a existência de qualquer tipo de hierarquia. E se enfrentamos nossas mães, babás, professoras e coleguinhas é porque já nascemos apegadas ao título de posse e propriedade da razão e da verdade.

Meninas são birrentas, cheias de vontade, mandonas e, às vezes, grandes tiranas. Somos mestras em nos envolver em discussões abertas e em intrigas secretas. E temos também talento nato para alimentar mágoas, cortar relações e fazer pirraça (brigamos um bocado, é claro, mas como também faz parte do nosso charme, não demora, fazemos as pazes).

E, como se não bastasse, nos envolvemos com facilidade em relacionamentos tóxicos que carcomem a alma pelas beiradas. Pode ser com o marido, namorado, com o chefe ou com aquele vizinho chato – qualquer um que diante de um desentendimento aja com a agressividade típica de dono da verdade, tá lembrado? Ela é nossa propriedade! Esse tipo de atitude costuma provocar na gente uma reação, não menos primária, que nos arrasta para um infernal duelo de espadas – a do o certo e a do errado.

Vitoriosas ou não, o fato é que, quando nos damos conta, estamos presas na teia de detritos pegajosos deixados pelas lanhadas

das dores passadas. Razão pela qual me pergunto então:

– De que adianta um grande bolo de infelicidade com cobertura de razão?

Por exemplo, não se discute que a minha atual situação, de mãe de primeira viagem, pareça ser um convite aberto às palestrantes sobre o be-a-bá da maternidade. Maria, não faça assim, faça assado. Isso não pode, isso tá certo, aquilo tá errado. E eu, sem muitos argumentos, a não ser a vontade de curtir, em vez de amargar essa fase, fico entre a cruz e a tal espada.

Na verdade, tenho ficado calada, fazendo cara de paisagem, porque me falta coragem para pedir licença e dizer: você fez como pôde, ou como quis, mas essa é a minha vez.

Dia desses, quando uma pessoa querida, que queria ajudar inclusive, começou a profetizar um catatau de regras a serem aplicadas ao meu bebê, não teve jeito, me descontrolei... Fiquei estressada, esbravejei, reuni argumentos, provei meu ponto e, no fim das contas, brigamos pra valer. Foi cada uma para um lado e pronto.

Naquela mesma tarde, amargamente arrependia pela briga e me sentindo uma idiota, fui andando até a padaria. Depois, já em casa, lanchando sozinha, vi que o verso da sacola de pão trazia escrito uma historinha... O texto contava o caso de um cara considerado por todos da aldeia onde morava o perfeito idiota. O pobre coitado, que vivia de esmolas, era diariamente convocado ao bar da cidade para divertir os homens que se reuniam em sua volta e ofereciam a escolha entre duas moedas – uma grande de 400 réis e outra menor de 2 mil réis. O tolo sempre escolhia a maior e menos valiosa – o que era motivo da gargalhada de todos. Até que um dia, um dos aldeões o chamou num canto e perguntou se ele ainda não havia percebido que a moeda pequena era a mais valiosa. Ao que ele respondeu "eu sei, mas se um dia eu escolher a outra, acaba a brincadeira e eu não ganho mais nada em troca".

Quem era tolo então?

Fiquei ali, de queixo apoiado na mão, amargando a verdade escrita no verso da sacolinha de pão... De que adianta ficar com a razão diante dos outros, se não estivermos de bem conosco?

Enfim, na próxima vez que me atirarem a bola "tenho cer-te-za!" na minha direção, no lugar de devolvê-la com uma cortada "eu acho que não!", vou simplesmente deixá-la cair no chão. Assim acaba o jogo e a dor estúpida da discussão.

Ah, as meninas... Mães, primas, amigas, colegas, filhas, comadres e tias – vivemos disputando a posse da razão, mas há quem diga que somos todas loucas varridas!

Contornando o vazio

Tenho uma maneira de pensar que me isola dos outros e, por outro lado, sou de uma ignorância pueril sobre o que todo mundo sabe.
MONTAIGNE

– De onde viemos? Para onde vamos? Por que estamos aqui?

É que diante da profundeza mais vazia que existe – a deixada por aquele que acaba de abandonar a vida – o questionamento é o menor dos sintomas. Eu que, há poucos dias, acompanhei meu pai ao velório de um de seus maiores amigos, fiquei assim, inquisitiva...

Não adianta. Nunca houve e, ao que tudo indica, não há de haver resposta que dê conta do mistério de existir.

Simplesmente, não sabemos. Essa é uma falta que nos cabe. Falta, aliás, insaciável. Verdadeiro poço sem fundo, cavado pela pulsão fronteiriça entre o impossível e o necessário.

Como se sabe, ser humano é ser esburacado. E, convenhamos, nada mais humana que a dor da busca desenfreada para tapá-los.

Nascemos repletos de vazio. Vazio esse que lutamos para limitar de toda maneira possível. A começar pela chupeta. Depois, pela comida, pela bebida, pela fumaça, pelos relacionamentos em que nos envolvemos, pelo trabalho e pelo dinheiro.

Mas, por incrível que pareça, nada disso é capaz de aplacar permanentemente a dor. Nem, muito menos, é garantia de felicidade ou de amor.

O alívio é momentâneo, passa. Por isso seguimos nos consumindo para dar conta de viver do que nos mata: a busca da falta.

Só num determinado estágio da vida, depois de já termos tomado muita lambada, nos damos conta de que, de todos os contornos experimentados, o mais nobre e mais completo, é o da amizade.

Quando verdadeira, a amizade nos contorna, aceitando gentilmente a nossa forma. Livre, tolerante, incondicional e democrática, ela nos abraça. E mais, sem cobrar nada em troca. Aliás, concordando com Cícero, ela é a única coisa sobre cuja vantagem ninguém discorda.

Só na presença da amizade, criamos coragem de largar as armas e arrancar as máscaras; somente diante dela, perdemos o medo de nos mostrarmos frágeis e cheios de defeitos. E sobretudo, dentro de um coração amigo, mesmo em frangalhos, fazemos todo sentido.

Não duvide, a amizade está entre os presentes que Deus nos ofereceu para limitar esse nosso elementar vazio. É justamente por ser um contorno sublime, que cultivar a amizade é coisa de sábio, ou melhor, de sabido.

Amigos nos ajudam a cumprir nosso destino. Aliás, se vivêssemos num reino encantado, como experimentou Alice, então, as amizades que fizemos pelo caminho – animais falantes, gênios, magos e gigantes – fariam toda a diferença na travessia. Sem eles, estaríamos enrascados e, certamente, acabaríamos a história presos, atolados em algum buraco perdido.

Além de disso, desde menina ouço meu pai dizer que amizade é a natureza a nosso favor. Acho lindo!

Por aquilo e por isso, preciso dos meus, poucos e bons, amigos. Preciso porque meu vazio me maltrata, me esburaca, me deixa carente. Preciso porque sou exagerada e incoerente. Preciso porque ao lado de amigos, fica mais fácil trilhar o caminho. Preciso porque eles me limitam, ora, me trazem calma; ora, me sacodem e me colocam para fora de casa.

E preciso, sobretudo, porque minha maneira de pensar muitas

vezes me isola de muitos; e minha ignorância pueril só pode ser compreendida por aqueles meus amigos poucos.

Finalmente, resgatando outra vez o maior amigo de La Boétie, Montaigne:

"O homem é um pobre animal preso em um mundo que não pode decifrar. Nesse universo caótico, resta-nos a possibilidade de compreender uns aos outros".

Na luta do dia a dia, tudo segue normal: no canto direito do ringue, o livre arbítrio; no canto esquerdo, o ser moral.

Olhos nos olhos, adversários se desafiam: vale tudo. O livre arbítrio, com sua legítima autorização para o cumprimento da vocação, tenta driblar o oponente na busca da medalha dourada da autorealização; já o ser moral, fortalecido por um golpe infalível, conhecido por manter o nível da civilização, na disputa, não tem piedade e distribui bordoadas em forma de sentimento de culpa.

A filha de uma amiga, depois de muito diálogo em família, finalmente, concordou em prestar vestibular para Medicina – exatamente como seu pai, médico, queria. Apesar de tanto ele, quanto ela saberem que, desde menina, sua vocação era outra.

Pois bem, ela passou no exame e começou a frequentar a faculdade. Contudo, logo nos primeiros meses, tendo refletido um bocado, a garota juntou toda a coragem e, num almoço de sábado, comunicou a todos sua decisão de trocar de curso.

A mãe, num acesso de fúria acusou-a de uma porção de coisas e, sem querer, entre as lamúrias, deixou escapar a palavra traidora. Magoada, a garota se trancou no quarto e chorou de raiva a tarde toda. Mas, lentamente, como o dia muda de cor, um sentimento diferente começou a encher seu peito de dor... Era a culpa que, sorrateira, a inquiria: "com que direito você pretende desapontar seu generoso pai para dar lugar aos seus juvenis desejos?"

– "Taime"! Pare a luta.

Conceda-nos um momento, acedam as luzes, vamos iluminar alguns sentimentos. Vejamos, a partir do instante em que nascemos, a ansiedade é geral e tudo, incentivo. Querem ver nosso primeiro sorriso, nossas primeiras palavras e nossos primeiros passinhos.

Mas, tão logo a convivência se instala e a linguagem vai sendo incorporada, passamos a ser reprimidos. Experimentamos o trovão da voz e, muitas vezes, também o peso da mão da autoridade que tenta conter nosso egocentrismo. Essa autoridade, primeiramente estrelada por nossos pais, até funciona no início. Porém, como é impossível que eles se façam presentes em todos os lugares, a todo momento, pouco a pouco, vai nascendo dentro da gente um outro mecanismo... Um dispositivo que representa aquela autoridade mui fielmente, só que agora, infiltrado na mente.

Esse julgador interno vai conhecer não só nossas ações, mas nossos pensamentos, desejos e intenções. Assim, para os pequenos, a mera imagem dos pais e professores é suficiente para inibi-las – mesmo sabendo que o castigo possa ser apenas um olhar aborrecido. Porque o que há por trás disso é o desenvolvimento de um secretíssimo inimigo, o medo da perda do amor.

Ah! E é esse medo o gerador de toda culpa que ecoa e nos machuca, de inúmeras maneiras, pela vida inteira.

Claro, adultos também querem ser amados e apreciados.

É inegável: sim, viemos ao mundo manifestar nossos sentimentos e vontades; sim, lutar para levar adiante nossa vocação não é mais que uma obrigação da alma. Mas, não se engane, é preciso um mínimo de heroísmo para alcançar tudo isso. Porque o ser moral não se acua. Sempre vigilante, ele traz na cintura a mais poderosa das armas: a culpa.

Além disso, ele também conta com o apoio do grande público que, no papel de espectador, intensifica o ranço da obrigatoriedade de sermos coerentes com aquilo que esperam da gente.

Por tudo isso, é quase sempre um desafio levar adiante a vitória do livre arbítrio.

Pudera. Sem esforço, qual seria o legado do nosso discurso? O do herói ou o do vencido?

– Que prossiga a luta!

Eu e ele

Verdade seja dita, nunca fomos melhores amigos.

Desde o final da infância, já havia entre nós, um quê de insatisfação, uma qualquer coisa mal resolvida. Eu, sempre desejando que ele fosse mais parecido com o ideal dos meus sonhos; ele, esperando que eu fizesse mais por isso.

Passados os trancos e barrancos da adolescência, repensamos os termos da nossa convivência, que pouco a pouco se tornou mais pacífica e, em muitos momentos, por que não dizer, uma delícia. Ele, cumprindo fielmente suas funções; eu, experimentando seus limites.

Então... Agora, com ambos na casa dos 30 anos, atravessamos um momento novo da nossa relação.

De repente, ele ficou mais sério, mais careta. Começou a exigir bom comportamento, mais respeito, mais disciplina, mais hidratante, mais filtro, mais alongamento e mais exercícios!

Logo ele que, até pouco tempo, eu arrastava para tudo que era canto, sem hora certa nem pra ir, nem pra voltar. Ele, com quem eu atravessava as madrugadas dançando bate-estaca, depois ia direto pra praia. Ele, que nunca me deixou na mão, nem nunca jogou na cara minhas ressacas. Ele, que até esses dias não era de reclamar de, quase, nada...

É, meu caro, mas ao que tudo indica, o jogo virou. Agora é ele quem dá as cartas.

Pra piorar, a experiência tem provado que já não vale a pena desobedecê-lo. Mesmo porque, sair da linha significa pagar um preço. Basta uma escapadinha para ele mandar a conta: ressaca, dor de cabeça, mau humor, sono, cansaço. Sem falar dos custos fixos acumulados – olheiras, flacidez, gordura, dores nas juntas e nos ombros.

Consolo é saber que não é só comigo. Porque o corpo...

Ah, o corpo pode até ser bem intencionado, mas assim como nós, ele também é um pau mandado... Sujeito à rebeldia das oscilações hormonais, à força da gravidade, à fuga em bando dos neurônios, e às variações nas taxas de plaquetas, de colágeno, de serotonina, de àcidos graxos... Por tudo isso, à medida que o tempo passa, ele vai ficando cada vez mais chato.

Nota: mas tem uma que ele tem aprontado que está me enlouquecendo. É a sensação constante de estar emburrecendo. Especialmente depois de ter tido filho, meu raciocínio se transformou num foragido. Verdade. Ando completamente desmemoriada, esquecendo palavras, trocando nomes e entrando em ruas erradas... Ah, como isso tem me irritado! Já aconteceu mais de uma vez de eu sair do quarto, chegar na sala já completamente esquecida do que ia fazer. Imagina que outro dia, diante de um plateia cheia, uma palavra me fugiu, sumiu, escafedeu-se, e me deixou ali, de microfone na mão, com cara de interrogação – nem apelando pra reza a danada apareceu.

E o sono!!! Minha nossa! De uns tempos para cá, em reuniões de trabalho, academia, cinema, padaria – não importa a cena, nem o figurino, lá estou eu, sempre bocejando. Acho que meu corpo está dando a dica que no lugar de ser bem-amada ele preferia que eu fosse bem-dormida.

O problema é lidar com o desfalecimento da ilusão de que para sempre eu seria um poço de energia. Imagina uma noite de sábado, por exemplo, eu ficar em casa descansando, lendo revistas?

– Impossível!

Quem diria.... Cá estou, sábado à noite, na cama, redigindo esse texto, cercada de revistas fresquinhas, uma taça de vinho e dois papeizinhos de embrulho de Bis. Meu bebê dorme serenamente no berço e meu marido assiste feliz ao canal de lutas no sofá da sala.

Surpreendentemente, hoje nenhum programa me faria sair de casa. Pois é, apesar da crise, ao menos hoje, eu e meu corpo fizemos as pazes.

Óleo

No escuro de um fim de tarde, quatro olhos descansam num quadro – único elemento que tenta, como pode, decorar o quarto. O rádio ligado embala a embriaguez endógena de dois corpos entregues ao colchão estreito e sem molas. Homem e mulher lambidos pelas luzes bailarinas dos faróis acelerados do lado de fora.

– Essa tela me dá arrepio. Onde você arrumou isso?

– Numa feira, eu acho. Na verdade, foi presente.

– Namorada?

– Antiga.

Silêncio. Ele acende uma guimba que jazia no cinzeiro.

– Quer?

Ela dá um trago, tosse e balbucia que queria ficar... Mas não fica. Seus olhos inflamados pela fumaça, tateiam os cantos distantes em busca da calça e da camisa. Ele oferece uma cerveja, um pão, mais carinho, um uísque – insiste, "fica". Mas ela, já vestida, vai embora.

– Não me liga.

Apesar de olhos afetuosos, ela garantia a fama de má na língua. Como quando eles se conheceram e ela, logo de cara, disparou ferina:

– Desiste. Você não faz a minha.

Ainda assim, ele tentava. Telefonava, mandava e-mail, deixava recado. E, como é do tempo fazer diabruras, um dia, finalmente, num intervalo concedido pela angústia, ela ligou dizendo num sotaque obsceno que aceitava o convite de ir ao seu apartamento. Ele a aguardou em sobressaltos. Escondeu os resíduos de solidão no armário e arrancou com mãos obstinadas as velhas teias da aranha que o ocupavam.

Quando ela chegou, fez uma pausa para pesquisar o desleixo cheio de graça – dele e de sua casa. Com uma tensão definitivamente instalada, ele, despenteado e com hálito de fumaça, a puxou para dentro como quem resgata. Encerrada a porta, tempo e espaço foram banidos para o lado de fora (o quarto é um templo inviolável). Só mesmo o velho quadro de cores antigas e sentimentos ressecados assistiu ao espetáculo de momentos exatos e geometria pura, sem brecha para desânimo, nem de carência, nem de fartura.

Ah, aquela menina era um engano honesto... Um fazer por querer o posto do certo. Um acidente fatal bem de propósito, como o peixe que reconhece o anzol, mas, a viver com fome, prefere a morte. Ele sabia... Sabia que aquele dia encerraria o tempo que gastou poupando a vida. Sabia que dali em diante, nada mais poderia contra a paixão que o consumiria. Sabia que ela seria seu sal e também sua ferida.

Dito e feito, depois dela, consumição. Passava horas jogado na cama se confortando com a presença, ainda que torta, da única testemunha de sua glória. A tela era um óleo desbotado de uma cigana de olhos lilases, vestido chá e cabelos negros, presos de lado com uma rosa. Era uma pintura de tintas e cores velhas, que tanto o tempo, quanto os maus-tratos haviam deixado ainda mais magnética.

Dias se passaram e ele, enfim, recebeu mais um telefonema. Era a garota, dessa vez, com outra proposta: que ele lhe desse a tela da cigana, e ela o daria outra coisa em troca. "O quê?" – ele quis saber. E ela: "aí eu te mostro".

Às seis e meia ela bateu à porta. Agora uma pessoa quase meiga, que tinha na voz um tom entre figo e tâmaras secas; e nas mãos, uma caixa nem fina, nem espessa.

– Você não me ligou.

– Você pediu.

– Não era para ser obediente garoto. Cadê a tela?

– Tá lá dentro.

– A menina estava convencida de que a cigana do quadro a havia roubado. Como queria sua alma de volta, achou por bem levá-la embora. Deixou em seu lugar um velho espelho.

Nota: não teve jeito. Ela continuou encantada por ele. A diferença é que quem testemunha o amor agora não é mais a cigana, é ela mesma.

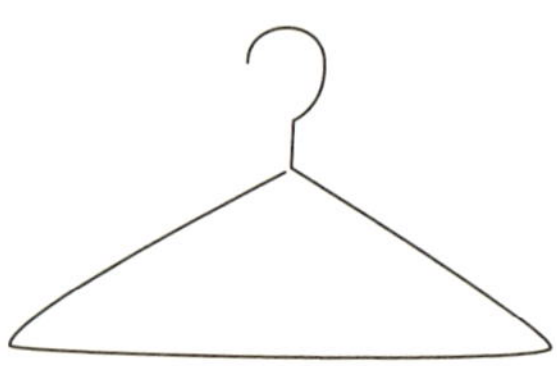

Gaiata

É uma característica inata... Fiz graça desde o maternal, passando por todas as fases da escola e, ainda hoje, não sei ficar quieta numa sala de aula. Apesar de já ter adentrado aquela etapa da vida vulgarmente conhecida como adulta, meu espírito é teimoso, ele não muda.

Aliás, não sabe aquela música que pede pra pessoa ficar muda, fazer cara de mistério e tirar a bermuda pra ficar mais séria? Pois é, feita pra mim. Imagina, se nem na penumbra a moleca que me habita se esconde, que dirá à luz do dia!

Não, não estou tentando ser engraçadinha. Pelo contrário, esta crônica é o ensaio de um desabafo. Seríssimo! Às vezes me sinto como Hilário; o personagem de Bruno Mazzeo que é um piadista compulsivo e tenta desesperadamente parar com isso.

Mas, não consigo. E o pior, no meu caso não são só as gracinhas – eu também sofro da famosa simpatia-caridosa. Aquela que faz a gente rir das piadas alheias, tendo graça ou não. É que, inexplicavelmente, não sei ver ninguém sofrendo por falta de atenção. Sou do tipo que assiste a aeromoça executar toda a demonstração de segurança porque não suporto vê-la sem plateia; comento a roupa fashion da ascensorista porque sei que é por isso que ela espera; num espetáculo de rua sou audiência garantida; e quando a comida vem para mesa, sou aquela que sempre elogia.

Como de tudo, bebo de tudo e sou engajada na solução do problema dos deslocados. Tipo animadora social, que por nada no mundo deixa morrer o assunto. Meio Poliana, totalmente pisciana e macaca pelo horóscopo chinês, vou rindo como posso das pegadinhas que apronto e, sobretudo, das que a vida apronta.

Feito dia desses num salão de beleza no centro do Rio.

Enquanto fazia hora para um compromisso, achei que seria uma boa fazer as unhas, que de fato precisavam de um trato. Entrei de gaiata num salão que tinha, literalmente, 50 anos e que é um clássico carioca desde as antigas. No segundo andar, que mais parecia um camarote de teatro, uma porção de gente tagarelava enquanto fazia as unhas com suas manicuras. Achei o clima tranquilo e agendei o serviço. Chegada minha vez, a moça da recepção pediu que eu subisse as escadas e procurasse por dona Bel. Bem, dona Bel era uma senhora de 80 anos, de sorriso largo e cabelos brancos (mentira, amarelados), cercada de esmaltes antigos com textura de Hipoglós, lixas estranhíssimas e potes de cosméticos que há décadas não são mais fabricados no mercado.

Logo entendi que a senhora se tratava de um patrimônio do salão. Uma figura querida que trabalhava na casa há mais de 45 anos, mas que já não tinha prática, vista, nem firmeza nas mãos. Boa mesmo ela era de papo. Fazer o quê? (Eu já estava ali, com meus dedos entregues a sua acetona e ao seu parco algodão, com ela me olhando, ora por cima, ora por baixo, na indecisão sobre como enxergar através dos óculos embaçados). Enfim, depois de ouvir uma porção de casos, saí de lá rindo de mim – que gastei quinze reais pra ficar com as unhas, no mínimo, engraçadas.

Ah, nessas horas me falta aquela coragem dos que não têm tempo a perder. Aqueles que cortam rente dizendo “desculpe, você não serve para me atender”; aqueles que mandam devolver o prato que veio salgado; e os que simplesmente dizem à telefonista de telemarketing “não ligue nunca mais, obrigada”.

E mais, especialmente em situações sérias, como uma entrevista de emprego, uma blitz de madrugada ou outra situação delicada, no lugar de ser franca e direta, eu faço graça. Nem ficar calada, que seria o mínimo, eu consigo. Não, ao contrário, vou em frente, tecendo comentários e falando pelos cotovelos, numa técnica que vacila entre espanar o nervosismo e disfarçar o desespero.

Talvez por isso, de vez em sempre, eu acabo dizendo uma bobagem solenemente.

Finalmente, se como alguém disse outro dia, rir não é uma forma de desprezar a vida, mas de homenageá-la, então a gaiatice é o estado de espírito mais galante que existe.

Giro

Como se encontrasse um esconderijo, um chiclete azul celeste se alojou entre os veios da borracha do pneu da minha bicicleta.

Pedalo. Aquele ponto azul toca o chão no momento presente que é imediatamente consumido pelo instante seguinte e se transforma em passado. A roda gira e a goma não falha – segue tocando e não tocando, encontrando e desencontrando o asfalto.

De alguma maneira desconhecida, também repetimos ciclos em nossas vidas. Uns mais longos, preguiçosos e demorados; outros mais rápidos, mas todos, infalíveis em separar o presente do passado.

Me sinto no exato início de um novo ciclo e pedalo embalada meio pela necessidade, muito pela curiosidade – ainda não conheço o caminho que avisto.

Sigo acompanhada pelo ponto azul na roda e pela sombra do movimento. É que apesar de não atravessar a matéria, a luz, como quem se vinga, se projeta. Também desenhados do chão, seguimos eu e minha bicicleta.

Engraçado, o asfalto, a estrada, o mar, todos eles nos levam sem nunca chegar. Porque os caminhos permanecem, somos nós que saímos do lugar. O movimento equilibra, por isso invento chegadas, fabrico partidas e crio saídas. E a realidade é uma moldura, limita. Mas não me enquadro! Nasci fugitiva.

No sinal da avenida ouço a música que vem dos outros, música que não escolhi ouvir, que irrita. Procuro novamente o equilíbrio – não quero ser levada pelo ritmo alheio, nem muito menos tombar por conta da minha ira. Mantenho a concentração na força sobre o pedal e o foco nas linhas. Estou entre a faixa que pinta a rua e aquela outra, absurda, que se estica no horizonte, infinita. Pedalo entrelinhas.

Distraidamente... Corto caminho, dou uma volta a mais, passo por cima, improviso. Não tenho compromisso de fazer sentido. Sigo empenada, torta, encantada, orgulhosamente torturada – a paixão é o meu retiro.

Numa esquina angulosa, o guarda apita – estou na contramão Mas não sou eu quem escolhe a via? Me dê licença, seu guarda, porque hoje estou ciclista. Inaugurando mais uma volta nesta vida, que é feita de ondas e absolutamente cíclica.

O chiclete amassado continua lá, obstinadamente tocando o asfalto num ritmo preciso. Já o caminho, orgânico e íntimo, ainda é secreto, curioso de si. Eu, humilde e voluptuosamente, o adivinho.

Espero

Que medo alegre, o de te esperar.
CLARICE LISPECTOR

Ah, esperar...

A unha secar, o bolo assar, o sinal abrir, a água ferver e o intervalo comercial acabar. Esperar o micro-ondas apitar, a fila andar, a semana passar, o telefone tocar, a massa crescer, o tempero pegar... E a hora de te ver, chegar.

Esperamos para ver, para crer, para merecer, para amadurecer, para congelar e para derreter. Esperamos, quando não resmungando, procurando alguma outra coisa para fazer. Convenhamos, é mesmo duro obedecer à ordem de assistir o tempo correr.

Se não fosse o insípido tempo da espera, o que seriam das espontâneas ideias?

Falo daquelas que só dão o ar da graça quando estamos desprevenidos, sem procurar por elas. Daquelas que enquanto esperamos o ônibus chegar ou a água do chuveiro esquentar, nos caem de repente no meio da testa. O que seriam dos eurekas de fila de padaria? Do pensamento-relâmpago que a impontualidade do sono traz; da compreensão que só casca de ferida ensina; e do perdão que só brota depois que clareia o dia?

Testemunhar o tempo passar pode ser mesmo uma tarefa difícil, sobretudo para nós que nos gabamos de sermos ocupadíssimos. Nós que não temos tempo a perder e tentamos a todo custo cortar caminho, seja folheando revista, trabalhando dobrado, olhando vitrina ou conversando fiado – qualquer coisa que preencha o terrível vácuo entre um desejo e seu resultado.

Nós, que ainda não aprendemos que nem todas as maneiras de abreviar o tempo conseguem poupá-lo.

Existem também os mais calmos. Os menos apressados ou adeptos da espera confortável. Aquela na qual o tempo da espera é uma grande janela, com um parapeito largo, feito para o aguardo de quem não tem pressa.

Desculpe. É que me irritam os acomodados. Especialmente o tipo que espera a vida passar, enquanto espera dar a hora de ir embora do trabalho; espera por um milagroso aumento no salário; espera que a patroa faça seu prato e decida sobre o destino de seus filhos, e espera ainda que ela varie o cardápio no próximo domingo.

Existe também a espera dos, não menos irritantes, sábios. Aqueles para quem o astuto tempo não é inimigo, é aliado. Aqueles para quem a natureza ensinou que a virtude da paciência traz grandes recompensas. E ensinou que é preciso aguardar o inverno passar para ver as aves em festa; que o roçado se enche de cores quando quer se deixar colher; que o balé da linha e do anzol acontece onde os olhos não podem ver; e que antes de gerar frutos, uma árvore tem que florescer.

Essa modalidade de espera é exatamente a que eu deveria aprender. Porque neste momento é preciso crescer para depois ter você.

Espero. Nem tão acomodada, nem tão afobada assim, mas me esforçando para compreender que é hora de crescer, por dentro e por fora, e que só o tempo, no tempo certo, vai trazer você para mim.

Estabilidade, inquietude, pérolas e outras possibilidades

Lutamos para conquistar uma vida resolvida. Com o conforto da rotina agradável e um ambiente familiar seguro – se possível, sem grandes sobressaltos. Valorizamos a segurança emocional ofertada por um relacionamento estável e resistimos como podemos a toda e qualquer mudança brusca que possa por ventura ameaçar o futuro planejado.

Caro, existe também o outro lado.

Desejamos novidades e procuramos, ainda que inconscientemente, uma quebra na rotina ou qualquer coisa que nos instigue e nos reanime.

Apreciamos a estabilidade, sem abrir mão da expectativa de surpresas, de preferência, agradáveis. Mas, chega um determinado estágio em que esse desejo por mudanças pode se tornar mais acentuado, eu diria.

Alguns chamarão de crise de meia-idade.

– Por que não?

Se a vontade de mudar de vida assola aqueles que atingiram a almejada vida estável. Quando o trajeto se torna previsível e o sentimento de desassossego insiste naquela velha pergunta assombrada:

– Então, era isso?

Estranhamente, alcançar o que desejávamos produz um estranho resultado: a sensação de que está faltando algo.

Algo talvez mais arriscado, mais difícil ou mais ousado. Algo que nos arranque as certezas e nos tire do lugar confortável (justamente aquele lugar cuja conquista foi demorada e que certamente não saiu barato).

Não raro, a famigerada crise da meia-idade transforma a estabilidade num fardo. E assim, homens e mulheres saem à caça de novidades – às vezes, comprando carros possantes; noutras embarcando em insuspeitados casos. De repente, adultos aparentemente bem-resolvidos começam a pensar no que podem ter perdido e em tudo o que abriram mão no passado.

É também nessa fase que muitos farão a própria revolução. Alguns mudarão de profissão; outros farão viagens inusitadas, piercings e tatuagens. E outros, ainda, começarão um novo esporte, um novo hobby, ou comprarão um barco. Qualquer coisa que os faça recobrar a certeza de que não estão imobilizados. Talvez porque seja essa a irritante sensação proporcionada pelo excesso de estabilidade, a de que já chegamos lá, já fincamos o mastro e resta somente aguardar o momento em que estaremos, em definitivo, de olhos fechados.

Ah, humanos seres... Nós que carregamos no peito um coração desassossegado e absolutamente incapaz de manter-se satisfeito.

Tsc, não tem jeito! Desde que o mundo é mundo, a inquietação assola a humanidade levando poetas, filósofos, psicólogos, músicos e cineastas a documentar, questionar e apontar essa curiosíssima dualidade... Ou a eterna tensão entre a necessidade de segurança e um desmesurado desejo de transformação.

Para nosso consolo, os chineses insistem que a oportunidade está na crise.

E também para alívio de nossa tragédia, o mestre Rubem Alves cunhou a frase: "ostra feliz não faz pérola".

Por que é preciso que haja pelo menos um irritante grão de areia dentro dela. Sofrendo, a ostra dá um jeito de envolver aquela areia pontuda que tanto machuca, e gera uma esfera perolada e única.

Atração

Quando era pequena, virava e mexia, eu ia ao circo com minha família. De tudo eu gostava, mas a hora do mágico ficou marcada. Primeiro, porque aquilo me hipnotizava, depois porque toda vez que essa parte chegava, meu pai ficava vidrado, minha mãe discretamente se aborrecia e eu ficava sem entender nada.

Foi com tempo e um pouco de malandragem que compreendi que aquelas ajudantes lindas, decotadas e rebolativas eram puro magnetismo para os olhos masculinos, os do meu pai, inclusive. E só então passou a fazer sentido aquela cara de cachorro bravo que ela fazia.

Hoje eu sei bem o que é isso!

Ah, como é irritante ver os olhos do seu macho irremediavelmente sequestrados por aquele par de coxas, emolduradas por uma microssaia, na mesa ao lado.

Claro, eles acham que disfarçam. Mas, não tem jeito, a gente sabe como é irresistível à íris masculina um corpo bem-torneado.

Ok, mulher também sabe apreciar a natureza... Mas, entre os gêneros existe uma diferença básica: é que nós somos demasiadamente exigentes.

A gente só deixa o próprio queixo tocar o chão por um autêntico filé mignon. Já o homem não... Eles são mais livres, eu diria, e acreditam que qualquer pedaço de carne dá um bom bife.

Além disso, aquilo que nos arrepia chega antes por outros sentidos, somos antes mexidas pelo que nos penetra a imaginação, as narinas e os ouvidos.

Os moços, porém, práticos que são, tremem com qualquer agrado mais lascivo à visão. Assobiam e se fazem de engraçadinhos porque seus desejos são descomprometidos... Aliás, para lhes causar um rebuliço serve a gostosa estampada na capa da revista, a garçonete da cervejaria, a mocinha da academia e a sarada que corre no calçadão. Qualquer aperitivo visual é para os meninos uma verdadeira atração.

Pra gente não. Para nós fêmeas, irremediavelmente complexas, tem que ter um contexto; um porquê; alguma outra razão. É assim, para a maioria das mulheres nunca teve, nem nunca vai ter, a menor graça ver um gogo-boy rebolando numa dessas festas para solteiras; nem o saradão amostrado que fica puxando ferro na frente do espelho da malhação.

– Claro que não! A exuberância não é o bastante para a alma feminina porque nossa profundidade exige alguma outra qualidade, pode ser estilo, gentileza, humor, criatividade, coragem, qualquer coisa que vá além da paisagem.

Uma mulher não convidaria o ouvinte para olhar "a coisa mais linda, mais cheia de graça, que passa a caminho do mar..."

Mulher não quer ver, quer imaginar. Mulher gosta mais do cartão do que da flor; aprecia mais uma gentileza certeira do que um peitoral definido; e dá mais atenção aos 40 fios, que à estampa do cobertor. Mulher procura a história no filme erótico e amor no sexo.

Ah, mulher quer mágica! E quando isso acontece, ela nem se preocupa em saber se o mágico está vestindo sunga, paletó ou casaca.

Herança oitentista

Aos oito anos de idade eu tinha certeza de que aos vinte estaria casada e cheia de filhos. Já seria adulta e conheceria o melhor da vida, caso o mundo acabasse no ano 2000, como previsto.

Quando cheguei aos vinte, nem o mundo se acabou nem eu era adulta ainda. Aliás, só comecei a me despedir da adolescência tardia no final da segunda década de vida. E experimentei com vontade o resto do tempo em que fazer bobagens, como dançar no palco do Parracho ou jurar amor eterno ao novo namorado, estava valendo ainda.

Hoje, na casa dos trinta, me dou conta do quanto a minha geração foi marcada pela fantasia...

Nascida em 1980, posso dizer que cresci numa década divertida. Usei Neutrox, roxo e amarelo; cortei o cabelo em "V" e a franja tipo Solange, a personagem de Lídia Brondi. Tive carteira "pink" emborrachada, com fecho de velcro, e mochila da Company. Passei batom Boka Loka e masquei muito azedinho-doce.

Usei tênis verde-limão, saia laranja e bustiê rosa-choque cintilante. Não vem torcendo o nariz não! Você sabe, tudo nos anos oitenta era berrante.

Mas, não sem razão: no inicio da década, o socialismo entrou em crise, deixou de ser uma ameaça à democracia e a sociedade pôde, enfim, experimentar a liberdade, propriamente dita.

Na pauta do dia, estava ganhar dinheiro e se divertir – no caso *work hard, play hard* era idéia fixa. Até as mães entraram na dança, vestindo paletó de ombreiras, lembra?

Em 1985, enquanto o feminismo lutava pelo espaço da mulher no trabalho, Madonna lançou *Material Girl*. De repente, ser materialista deixou de ser problema.

No lado negro da força, a dobradinha dinheiro + prazer fez da cocaína, eternamente cafona, a droga da moda. E, por falar em moda, quanto mais berrantes e brilhantes, mais interessantes as roupas. Havia qualquer coisa de tudo pode no ar e a ordem era se enfeitar: "Eu sou free, sempre free, eu sou free demais..."

A maquiagem, influenciada pelo disco-fever, era exagerada, tipo mais é mais. Quem não se lembra da sombra bandeira, que podia ter mais de duas cores e vinha até a ponta da sobrancelha?

Nota: naquela época, a marca Shiseido fez um duo de sombra roxa + amarela (!) que foi um sucesso.

Os cabelos faziam a linha excêntricos e volumosos, e inspiravam penteados e cortes estruturados. Acessórios também foram um capítulo à parte: tiaras de cabelo, faixa na testa, pulseiras largas, escarpins, muito dourado, viseiras, óculos de sol e, é claro, gel de cabelo purpurinado. O grito da moda era um verdadeiro escândalo, no melhor estilo Tina Turner.

Nós, na época crianças, observávamos esse mundo colorido sonhando, de boca aberta, sem ver a hora em que finalmente participaríamos da festa.

Enquanto a hora não chegava, aos domingos, assistíamos *Os Trapalhões* e ao novo videoclipe do Michael Jackson no *Fantástico*. No dia a dia, variávamos. Era *Chaves* e *Carrossel*, no 7, e *Xou da Xuxa* no 4.

Eu bebia guaraná Baré nos almoços da casa do vovô e comia sanduíche do Bob`s, na pracinha, aos sábados. Lia Revistinha da Mônica, toda semana; colava pôster dos Menudos na parede do quarto e colecionava mil álbuns de figurinha e papel de carta. Curtia boneca Moranguinho (de café!); Lu Patinadora; Playmobil; Pogobol e Meu Querido Poney. Brincava, todo santo dia, no play e na rua; de pique, de bola, de queimada, de elástico... Ia à Mesbla no Natal; e às festas de aniversário, de bota da Xuxa e rabo de lado.

– Ah, e claro, fazia de tudo para ter um walkman e um par de fitas, o que era o must da tecnologia!

A gente nem sonhava com iPod, iPad, Facebook, Twitter, Orkut, Playstation, X-box. Ao contrário, até os dez anos, maneiro mesmo era invadir um armário bem colorido, calçar um salto fino, pintar o rosto com todas as sombras do estojo, entupir de Gumex o cabelo, fazer da escova um microfone e passar a tarde imitando a Madonna.

Devo confessar que ainda acho a maior graça nisso.

Fazer o quê?

Fantasia, diversão e falta de limite são meus vícios.

Meus amores

Quando meus pais viajavam, eu e meu irmão íamos ao aeroporto nos despedir e, depois de muito beijar e abraçar, corríamos desembestados para o segundo andar e só arredávamos o pé de lá depois de ver o avião decolar.

Para meus olhos de menina, viajar de avião era um ato de heroísmo. Talvez por isso eu não me esqueça do que sentia enquanto assistia meus pais entrando naquela máquina gigante que (voando!) os levaria para longe. Me lembro de sempre voltar para casa ressabiada de dar dó... Na verdade, quando digo casa, era a casa da minha avó.

Casa também é modo de dizer, porque aquela era uma terra encantada.

Meus avós maternos vivem numa espécie de chácara, em plena cidade. Lá tem pé de tudo que é fruta, pitanga, araçaúna, vampiro, carambola...; tem criação de bichos incríveis, de faisão à galinha d'angola; tem viveiro; tem piscina; ateliê de pintura e horta!

Nota: quando meus pais viajavam, eu não podia assistir ao noticiário. Acidentes de qualquer magnitude – do desmoronamento de um edifício na Rússia, à queda de um monomotor na Amazônia – me deixavam transtornada, discando sem parar para o número do hotel em que eles estavam (e que eu, de modos secretos, acabava sempre descobrindo na caderneta da minha avó). Por isso, não era prudente me deixar assistir ao "Jornal Nacional". O combinado era chegar da escola, tomar banho, tomar sopa, ver novela com o vovô e... nada de cama! À noite, a brincadeira corria solta.

Meu avô Fernando é um puro sangue espanhol. Sujeito incrível, famoso por uma força e uma doçura sem igual. Apaixonado pela própria saúde, aos 91, ele esbanja uma vitalidade impressionante.

Durante toda minha infância, vovô exibia sorrindo os muques, depois fazia o truque de nos levantar pelos pés, com apenas uma das mãos. Mas, além da força, ele é poesia pura... Foi ele quem me ensinou a beber café preto no copo; a tomar uma colherada diária de mel, a gostar de sopa, a ser festeira, risonha e romântica. Sim, porque ele é descaradamente apaixonado pela minha avó.

Pudera, vovó Themis é uma fábula. Ela, literalmente, pinta e borda (inventa moda, canta, escreve e toca...). Como uma fonte de energia criativa (e amorosa), inspira e acolhe todos a sua volta. Artista plástica, com mais de quatrocentas telas espalhadas mundo afora, ela passava as primeiras horas do dia em seu ateliê, depois descia, sentava com a gente na varanda e chupava uma bacia de laranja lima, de cajá, de cana... Vovó tomava conta da gente brincando, contando história. Ainda hoje, conviver com ela é uma alegria escandalosa. Só pra resumir, vou contar a última dela: sábado passado, na festa de aniversário do meu avô, ela preparou uma surpresa daquelas – saiu de dentro de uma enorme caixa de presente que estava no meio da sala, vestida de espanhola, com flor no cabelo, leque e tudo que tinha direito. Quer mais? Ela já saiu de microfone na mão cantando "Eu te proponho".

Claro, tem ainda a casa da vovó Carmem, mãe do meu pai, onde eu passava as férias com as minhas primas cariocas. A sala finamente decorada, sempre bem-arrumada, com candelabros e estátuas (que, nas brincadeiras, faziam papel de namorados), foi cenário de muita farra. Vovó tem a alma perfumada, a pele delicada e as unhas compridas, sempre bem feitas e pintadas. Tem os cabelos negros, brilhosos e sempre bem-penteados num mítico coque. Hoje, aos 95, ela ainda é uma máquina de vitalidade, elegância e sensibilidade. Na verdade, vovó Carmem é uma grande amiga, com quem converso sobre tudo e, mesmo discordando sobre alguns assuntos (como a cor roxa da minha unha), eu sempre aprendo muito.

Vô Erildo se foi antes da hora. Mas tenho guardada a lembrança de uma poltrona enorme onde a gente se sentava para comer Batom, moedas douradas (de chocolate) e pastilha de hortelã... E lembro bem do cheiro de camisa bem passada, da armação de seus óculos e do fatídico dia em que, enquanto meus pais viajavam, eu ainda muito menina, recebi dos meus avós maternos a dolorosa notícia de que ele havia partido.

Por que tudo isso agora? Bem, como se sabe, nessa última semana, foi comemorado o dia dos avós. E, no dizer de Raquel de Queiróz, avós são como amantes... Não têm direitos legais, mas oferecem o melhor abrigo e todos os encantos da aventura. Ah! avós são aliados secretos...

Por tudo isso, que fique dito, aos meus e a todos os avós do mundo: "ninguém te ama como seus netos"!

Cool

Para poupar tempo, vou logo dizendo que esta crônica interessará somente àqueles que concordam com a ideia de que quem é cool de verdade, mal sabe o que é isso.

Nos anos 60, durante o período em que viveu no exterior com seu marido diplomata, Clarice Lispector escreveu uma série de cartas a suas irmãs, cartas essas que a editora Rocco reuniu no livro *Minhas Queridas*, e dentre elas está um particular desabafo sobre os irritantes modos das mulheres de status.

O texto, que é imperdível, se chama "Crônica social" e denuncia a naturalidade fingida adotada por algumas mulheres durante um determinado evento.

Tratava-se de um almoço "perfeito" – de louça estonteante, talheres de prata, garçons mudos e flores exóticas, oferecido por uma elegante madame a convidadas ilustres. Na mesa, com a ronda silenciosa dos olhares à espreita do momento da gafe, cada uma tinha um pouco de medo de si própria. Aliás, todas, menos a senhora X, como Clarice bem entendeu denominá-la.

Sempre muito querida e convidada por todos, a tal senhora X nem percebia a tensão das demais e reduzira o evento almoço a, apenas, almoçar. "Entre gestos delicados e grande tranquilidade, devorou com prazer o cardápio francês – mergulhava a colher na boca, e depois olhava-a com muita curiosidade, resquícios da infância".

A gíria cool, usada em revistas descoladas e sites moderninhos, que, ao pé da letra, quer dizer fresco, frio, tranqüilo, ainda não era aplicada naquela década, mas o fosse, seria a melhor definição daquela senhora inexplicavelmente admirável.

Garota X? Há pouco foi lançado um livro chamado "Tão

ontem...", escrito por Scott Westerfeld, cuja personagem é uma "cool hunter" ou, em bom português, uma caçadora de tendências. A menina tida como ultra-mega-blaster-cool é basicamente uma jovem metida a rebelde, que mora em NY, tem cabelo raspado, e se acha a pessoa mais inovadora do mundo. Ok, mas, como dito, ser cool não é bem isso.

Admirável é jeito de ser e de agir livre de qualquer esforço. É a nudez agressiva de Kate Moss; a poesia de Vinicius; a ousadia sabida de Steve Jobs; o talento de Jorge Amado; a sensibilidade de Adélia Prado; o rebolado de Mick Jagger; o jeito de falar de Jack Jonhson.

Ah, e só pra não deixar barato: é o jeito de se vestir do meu pai e da minha mãe, que são inadvertidamente descolados!.

Talvez eu e você sejamos cool sem saber. Quem sabe?

Seu momento cool pode ser em casa, cozinhando de camisa e chinelo ao som de um blues; ou no trabalho, enquanto defende com paixão uma ideia; ou solto numa festa, depois da segunda taça, dançando sua música preferida.

O paradoxo é que só conseguimos ser admiráveis enquanto não sabemos que o somos. É claro que, depois de saber, que o que se faz naturalmente causa encanto, fica mais difícil seguir com a despretensão. Já que, de todo modo, o esforço e a intenção são criptonita para o potencial cool que nos habita.

O desejo de impressionar ou a naturalidade fingida, como a das convidadas do almoço descrito por Clarice, é ruim, morno, parente do ridículo.

Ora, quem sabe mesmo das coisas, e principalmente de si, costuma ser descolado das pretensões mais fúteis sobre como aparecer. E age como a tal senhora X, tranquila, fresca, cheia de brisa e admirável, sem querer.

Charme black

Sabe aquela música que diz que toda menina baiana tem um jeito que Deus dá? Pois é, existe um encanto, uma magia e um santo, que só Deus pode dar...

Você sabe, ter ou não ter são as únicas opções quando o assunto é charme.

Verdade! Charme não se aprende na escola, não se compra na farmácia, não se manda manipular, nem dá na horta... Ou você ganhou de presente Dele, por isso corre em suas veias, ou fica para a próxima.

Tsc, é aquele tipo de coisa que, em si mesmo, pode ser difícil reconhecer. Mas, nos outros, na música, na dança, nos timbres e ritmos, fica fácil - claro, todo charme é magnético, atrai, movimenta, desconcerta, inspira, estimula e faz mexer.

Pessoalmente, sou uma apaixonada pela black music, por absoluta influência da minha mãe, que colecionava vinis e tinha sempre espalhadas pelo carro uma porção de fitas. Barry White, Stevie Wonder, Tina Turner, Donna Summer, só reis e divas. E sempre curti muito RnB, sou da época de Salt'n Pepa, Destiny's Child e TLC. Mas, houve um momento em que tudo isso culminou e invadiu definitivamente meus sentidos. Foi na noite em que entrei na Fundição Progresso, na Lapa, no Rio, e deparei com um *Baile Charm*e. Ah, naquela noite eu descobri o que para sempre seria meu ideal de festa nessa vida. Que delícia era todo mundo dançando junto, sobre um tablado de madeira, aquela batida cheia de malícia, música atrás de música, a noite inteira.

Todo ritmo black tem alegria, mandinga e sensualidade. Talvez por ter nascido nos guetos, entre garagens e becos, seja tão imbatível no quesito namoro, na cama, no carro, ou no cafofo.

Aqui no Brasil, como bem disse Gilberto Gil, ele foi parido na Bahia, que é dona de muitas primazias e feita de uma gente mesclada, oriunda de lindos negros e mulatas, uma gente, por sinal, muito bem presenteada, como bem entendeu Nosso Deus.

E foi dos grandes o presente que Ele deu: ficou no timbre da voz, no jeito de dançar, na maneira deliciosamente bem resolvida de se olhar e se expressar. Ficou na cor da pele, na sensualidade, no jeito fácil de lidar com a vontade simples de, por exemplo, beijar. "Se eu pedir você me dá moreninha, um beijo na boca? Dá, dá, dá ô neguinha", na roda de capoeira, essa é das minhas preferidas.

Da cultura negra sou fã confessa e, com sorte, força da admiração ou só mesmo pela convivência, sou também descendente. É que minha eterna babá, a que ajudou a me criar e que até hoje faz parte da minha vida, é uma negra baiana chamada Aleluia.

Porreta, faladeira, arretada, ciumenta que só, mas, muito verdadeira.

Acho que a trilha da minha criação foi o que justificou este meu apego ao jeito e às melodias originais dos negros. O samba, soul, RnB, blues, funk, reggae, hip-hop e, sobretudo, o charme... A genialidade de Bob Marley; a voz de trovão de Tina Tuner; a melancolia de Nina Simone; a sensualidade de Marvin Gaye; a malícia de Barry White; a sensibilidade de Ben Harper.

Charme não é só um termo que designa "qualidade daquilo que agrada ou dá prazer aos sentidos". Charme também é o nome de um estilo musical. De um ritmo melódico e levado, batido, marcado, gostoso, sensual e bem balançado. É para dançar macio, swingado, sozinho ou abraçado. É uma veia da black music, que como disse, é entre todos, meu gênero musical preferido.

Do fenômeno da impermanência

Num desses fins de tarde de vento fresco e céu alaranjado, eu e uma velha-nova-amiga caminhávamos por um parque ladeado por um sereníssimo lago. Ela, pessoa querida, madura e bastante vivida, me ouvia divagar sobre os anseios que acompanham a chagada da minha próxima mudança de vida – que dessa vez não será apenas geográfica, mas também emocional e física.

Falava eu, sempre agitada, sobre as expectativas e receios de como as coisas seriam daqui pra frente, quando ela, respirando fundo, me parou de repente. Com seus olhos verdes profundos, de bailarina do mundo, invocou meu silêncio, depois pôs as mãos em meus ombros e disse calma:

– Maria, nunca se esqueça de que nessa vida nada é permanente. – me beijou a testa e seguiu andando.

Por um instante, fiquei paralisada, fazendo minha melhor cara de é verdade.

Claro, nada é para sempre. Aliás, dizem (e eu sempre gostei de acreditar) que nem a morte é eterna. E nem aquele tratamento para cachear os cabelos artificialmente é, como vendem, "permanente". Cabelo cresce minha gente!

Países crescem, pessoas nascem, cabelos caem e notícias envelhecem. A lua cresce, o sol nasce, as tardes caem e velhos conceitos apodrecem. Amizades crescem, amores nascem, a chuva cai e certezas esmorecem. Maré enche, maré vaza. Mundo gira, vira noite, vira dia. Barriga cheia, barriga vazia. Verão, outono, inverno, primavera. Aldeia, vila, cidade, selva. Berçário, creche, escola, faculdade, trabalho, cartão de crédito. Filho, menino, adolescente, estagiário, namorado, engenheiro, marido, pai, empreiteiro, avô, aposentado.

Ela e ele, ele e ele, ela e ela, e outras novelas. Vitrola, rádio, TV, computador, iPod, iPad. Cavalo, charrete, calhambeque, teco-teco, avião, foguete, internet. Colo, pé no chão, sapato, salto alto, calçados ortopédicos. Só a parte de baixo, biquíni cortininha, bicos para o alto, sutiã de alcinha, bicos para baixo, cirurgia. Aqui, lá, juntos, separados, juntos novamente, família, filhos, netos, bisnetos... E enquanto a bateria durar, o ponteiro do relógio não para quieto.

Problema sério é que nós, seres humanos, acreditamos que atribuindo conceitos às coisas, automaticamente, as domamos. Ledo engano. Na verdade, quando cobrimos um mistério com um rótulo, estamos, no máximo, rotulando.

Ora, se tomarmos como exemplo a palavra casamento – palavra que há séculos nos prende a um conceito estranho sobre posse, direitos, deveres e sonhos – o que se percebe é que ela não passa de uma raspa da realidade, ou da ponta do iceberg

Já que, como bem se sabe, é impossível enquadrar a profundidade de um relacionamento.

E que dizer, então, sobre as palavras religião, profissão, sucesso? Conceitos que, teoricamente, deveriam proporcionar liberdade, mas que, na prática, acabam nos mantendo encarcerados mentalmente.

Ora, por que, em vez de lutarmos para saciar a necessidade de fincar o quanto antes nossas estacas, digo, montar o acampamento e cercá-lo de letreiros luminosos estampando nossos rótulos, não ficamos confortáveis em nos deixar levar pelo movimento? Por que tamanha dificuldade em ser nômade no pensamento?

– Vem Maria, anda! - chamou minha amiga.

Despertei num susto do meu breve devaneio, apertei o passo e ela continuou dizendo:

– Você sabe, é preciso reproduzir na alma o que nos entra

pelos poros, pele, narinas e olhos. Porque, quer queira, quer não, fazemos parte do fenômeno. – Nessa hora ela esticou os braços para o céu e continuou sussurrando

– Estou falando da natureza (incessante). Daí a necessidade de nos criamos e recriamos a cada instante. Fique tranqüila, minha querida, não lute para ser rígida. Balançando com o vento, tudo flui na vida...

E assim, ladeando o lago que serenamente fluía, seguimos caminho. Nos despedimos do sol que se punha, e demos boas-vindas à lua que nascia.

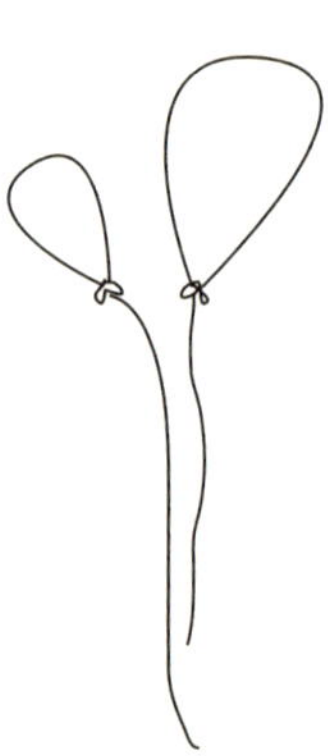

Só por isso

Porque o desejo é um misto de raiva e encantamento.
Corda tensionada
que reage como instrumento.

Porque nos falta um pedaço,
ou porque somos repletos de buracos e vazios
espaços.

Porque somos mamíferos cheios de mecanismos.
Ou dois gêneros magneticamente distintos,
que aprendem cedo os jogos de domínio.

Porque somos afinados semelhantes,
com diferenças irritantes,
e corpos retesados
com todo intento de serem
tocados.

Porque a carne é sempre mundana.
E mesmo que a alma seja elevada,
e alimentada da cintura para cima –
a parte insaciável
vai seguir morando no sul
dos costumes e da geografia.

Porque não é fácil dar e receber na mesma medida.
Porque quando não somos o bonzinho,
somos o egoísta.
E, sobretudo, porque somos a máquina
e o maquinista.

Porque queremos cheiro de pele sem perfume,
cajá de vez com sal de ciúmes,
preguiça num quarto bagunçado,
e um barco viking
que seja remado (a custo de vertigem)
contra a maré da monotonia.

Porque amar não é escolha
que se faça.
É visita inesperada
magnífica ventania
que revolve tudo
e arranca as vontades pelas raízes.

Porque queremos ser tocados,
dançar de rosto colado
e inventar juntos
(todos os dias)
um novo refrão
para a velha melodia

– É por isso que a gente briga!

Depois faz as pazes
e recolhe a certeza de que não sabemos,
não podemos,
nem queremos viver só
nessa vida.

Querida,

Acabei de ler o novo enredo.

Sei que você vive envolvida em infinitas tarefas, por isso optei por também narrar o que tenho a dizer.

Quero repetir o que há muito venho insinuando com cuidado, mas que agora direi com decisão: a história é sua – mas o papel ainda é meu.

Perceba. Este texto não tem beletrística, nem possui lógica literária. Aliás, seu pobre caráter não é fictício. Não é poético, nem foi romanceado. Acredite, ele é tão somente um vulgar desabafo.

Quando tudo começou, e eu me propus a viver a seu favor, não podia sequer imaginar esse desfecho, mas como se sabe, isso é mesmo da vida literária. Ora, se até Macabéa se acabou.

Inefável, como és, me criaste em esquema, e eu, como personagem que sou, vivo presa em seu enredo. Condenada a encarnar cada ordinária angústia tua, vagando à espera de quem sabe uma hora de estrela.

Eu sei, é papel meu viver cada coisa que é cada palavra. Então, espero, lavo o cabelo, choro, sorrio, passo batom, bato um bolo, sento, telefono, e faço tudo mais que saia como relâmpago de sua mente e chegue em choque às pontas de seus dedos cheios de unhas compridas e coloridas que fazem barulho no teclado branco.

Como é mesmo o nome que se dá àquilo que se reivindica por escrito? Não me lembro. Queria saber dizer as coisas como você, mas não sei, então direi assim mesmo: eu não gostei do roteiro.

Não gostei da ideia de não ser amada. Também não gostei do meu nome, nem da charada. Não quero viver mais na sua história.

Enfim, eu que de sua vida nada sei, e que tantas vezes me recriei só para as surpresas que você me apronta, agora cansei. Por favor, me guarde num canto fresco e macio de sua memória e só me chame para enredos de festas e contos de glória.

Assinado: sua personagem.

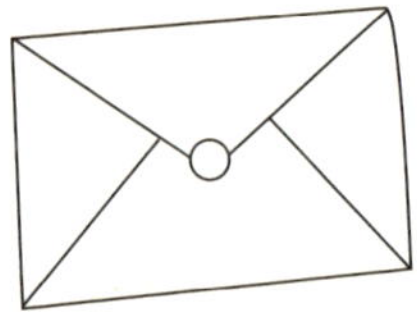

Viemos ao mundo filhos de um pai e uma mãe. Não de pessoas ideais, sensacionais ou, mesmo, normais. Somos quem somos – não quem gostaríamos de ser, nem muito menos quem o outro gostaria que fôssemos.

Amamos quem amamos e por quem nos ama somos amados. Não existe como obrigar alguém a nos amar, nem como amar o outro obrigado.

Fatos irrevogáveis ou leis misteriosas, que regem cada molécula e cada átomo do universo a nossa volta, nenhuma delas nos é ensinada na escola.

Aprendemos pela estrada, quase sempre de chão quente, pilotando bonde ou arrastando corrente. A razão pela qual não decoramos uma fórmula mágica, para enfrentar a vida, feito tabuada, para passar na prova, é que tanto o amor próprio, quanto o romântico e o fraterno, não passam de espécies de relacionamentos – fenômenos que não comportam teorias sólidas, e que diante de qualquer regra imposta, se desmancham em dois tempos.

Relacionamentos são laços invisíveis, quase sempre emaranhados e complicadíssimos. Claro, o principal ingrediente é gente, coisa complicada, naturalmente. Porque, como se sabe, a humanidade, desde a criação, já veio atrapalhada. Ora, se nem Eva nem Adão souberam dominar os próprios sentimentos, o que dizer de nós, meros herdeiros do mistério.

Vacilamos. Amamos demais, amamos de menos, amamos ao contrário, amamos para dentro, amamos com raiva e amamos sofrendo. Ou, melhor dizendo, amamos da maneira que podemos. Por isso, não raro, romances se acabam, amigos se separam, pais abandonam seus filhos e esses, em última instância, os culpam pelos seus próprios relacionamentos falidos.

Ah, o amor e seus percalços! Quanta gente nunca soube dizer eu te amo, mesmo sentindo no peito a vontade esburrando? Quantos já não gastaram essas palavras mesmo quando por dentro não sentiam nada? Quantos não acreditaram que ele podia ser comprado? Quantos não acharam que com um documento lavrado em cartório ele restaria amarrado? Quantos não tentaram a todo custo moldá-lo? Quantos não se entregaram ao cínico medo de jamais conhecê-lo e se vingaram de sua impontualidade, escolhendo ficar com a pessoa errada?

No quesito relacionamento, somos amadores, confusos, medrosos, culpados, exagerados e desordenados. Porque não tem jeito: saber amar deveria ser fácil, mas na prática, é um exercício de dedicação, compreensão, paciência, confiança e generosidade.

De novo, certos ou errados, inteligentes ou atrapalhados, naturais ou esforçados, fortes ou fracos, somos quem somos e amamos da forma que estiver ao nosso alcance.

Mas só para evitar esforço desnecessário, uma única simples verdade deveria ser ensinada na escola:

Amar é deixar que o outro seja.

Nas palavras douradas de Drummond: *(...) mãe não tem limite, é tempo sem hora, luz que não apaga quando o vento sopra (...).*

Mãe é fenômeno.

Digo porque no exato instante em que te toquei, meu casulo se desfez.

Derreteu com impotência de cera diante do novo sol que seu rosto fez nascer. Ah, pequenina fonte de chorinho que varreu meu peito, atravessou minha carcaça e me arrancou de dentro o melhor suspiro e o pranto mais incontido. Finalmente, era você. Meu filho.

Minha casa tem agora seu cheiro e tudo mais funciona do seu jeito. Já não são minhas as noites, os pensamentos, nem meus seios. O ponteiro corre no ritmo da sua fome, o dia passa no tom da sua graça, e eu já não sei o que é espelho.

Mas tudo isso é provisório. Seus poucos dias se tornarão semanas, depois meses e, em seguida, anos. Logo meu cheiro de leite vai se esvanecer; suas minúsculas mãozinhas irão crescer; você vai trocar meu colo pelo chão e minhas cantigas pela televisão. Você vai aprender a falar e vai dizer que também me ama. Mas depois vai descobrir seu poder de barganha, bater o pé no chão e fazer manha. Nós seremos melhores amigos, apaixonados até o infinito. Mas quando passar a infância e a adolescência chegar, você vai se fechar no quarto, ouvir som bem alto e me achar uma chata de galocha. Então, virão também os castigos, as broncas, os melhores amigos e a primeira vez que você terá o coração partido...

Em silêncio, vou morrer de ciúmes, vou passar raiva e, para sempre, sentir saudades do meu bebê.

Apesar de todas as mudanças, eu te prometo meu filho: para o resto da vida meu colo vai ser seu abrigo.

O amor é mesmo mítico... Você nem bem chegou e sua presença já me imortalizou – ainda nas palavras de Carlos Drummond de Andrade, mãe é eternidade.

Além disso, para uma fêmea gerar um homem é tão poderoso quanto divino... Sem querer, você fez eu me sentir uma deusa, meu menino.

Engraçado, por falar em deusa, me lembrei de Vênus, mãe de Cupido... Porque tenho pra mim que foi você quem fez uma reviravolta na minha vida, só para chegar ao mundo do jeitinho que tinha que ser. Secretamente, acredito que foi você quem me fez mudar de rumo e de país para reencontrar, por acaso, um amor antigo. Aliás, eu acho (escondido) que seu pai foi, mesmo, especialmente escolhido, como se esse amor bonito fosse um pré-requisito pra você.

Finalmente, meu filho, quando você puder ler isso, já vai ser um menino crescido e, eu, boba, como todas as mães, vou continuar te vendo assim, pequenino como um grão de milho.

Já perdeu a chave de casa
Já comeu bicho de goiaba
Já falou na hora errada
Já exagerou na pimenta
E já mereceu uma palmada.

Todo mundo já ouviu uma fofoca maldosa
Já matou aula na escola
Já sentiu apertar o sapato
E já experimentou cigarro.

Todo mundo já passou uma noite em claro
Já precisou de trocado emprestado
E já esqueceu, de propósito, de dar um recado.

Todo mundo já tomou um banho de gato
Já se arrependeu de ter ligado
Já se fez de coitado
E já rasgou um retrato.

Todo mundo já sofreu por amor
Já chorou escondido
E já se sentiu perdido.

Todo mundo já ganhou um beijo roubado
Já guardou roupa suja de volta no armário
E, pra se livrar de um chato, já deu o próprio telefone errado.

Todo mundo já sentiu ciúmes
Já se encharcou de perfume

Já deixou comida no prato
E já passou pra frente um boato.

Todo mundo já contou mentira
Já sentiu frio na barriga
Já se fez de bobo
E já fugiu de uma briga.

Todo mundo já futucou uma ferida
Já pediu colo
Já sentiu saudade
E já duvidou de uma amizade.

Todo mundo já fez de um copo uma tempestade
Todo mundo, ao menos de vista, conhece o pecado
Todo mundo tem, no fundo, um segredo guardado.

Somos todos humanos seres - ora presas indefesas, noutras, predadores implacáveis. Somos carcaça, pelo, cheiro, garras e língua afiadas. Somos, como se sabe, feitos de certezas, paredes, e telhado de vidraça.

Somos apaixonados, misteriosos e desconfiados. Ansiosos, curiosos, ciumentos e apressados. Somos pais, filhos, amigos, namorados, amantes, parentes, colegas, patrões e empregados. Falíveis heróis, ou bondosos algozes, mas, de modo geral, sempre bem intencionados.

Temos um mundo inteiro dentro da gente: sol nascente, lua crescente, arco-íris, catástrofes, incêndios, enchentes. Somos confusos e perambulamos pelo mundo sem saber de onde viemos ou para onde vamos. Ainda bem, não só eu, nem só você. Nós e todo mundo.

Escrevo

Sem objetivo. Sem hora, sem pressa, nem demora. Escrevo no tempo presente, no que virá e também no que sobra. Escrevo sem proveito, sem capricho, nem ortografismos. Aliás, sendo mais realista, muitas vezes, não escrevo. Rabisco.

Precioso é colocar para fora, tirar do peito. Ser ou não ser lido, receber ou não por isso, deixar as palavras presas na gaveta ou estampar numa camiseta, dá no mesmo, e pode ser preciosismo.

Escrevo como um caçador de borboletas desprevenido. Sempre em busca do último devaneio brilhante que insiste em ser fugitivo. Aquele que lampeja para se esconder em seguida, me deixando na esperança pueril de que ele reapareça um dia.

Com a insistência aprendi que a arte está em, caçando borboletas, capturar vaga-lumes; rabiscando a esmo, tropeçar na raiz do desassossego; ignorando as regras, encontrar possibilidades; e, mentindo descaradamente, acreditar em mim mesmo.

Com esforço criei musculatura para, de vez em sempre, levantar a âncora que me prende à obrigação de ser inteligente, irreverente, genial. E aprendi, finalmente, a valorizar a possibilidade de não ter correntes.

Agora, coisa diferente é escrever tendo um porquê. Digo, escrever para se oferecer, não duvide, é preciso preparo para se deixar ser devorado. Porque nunca foi, nem nunca será fácil se entregar de bandeja numa carta de confissão, numa redação escolar, numa petição ou num texto para o jornal do Estado. Ao contrário, no lugar de borboletas fugitivas, as ideias precisam ser definidas e coerentes, como um cão-guia.

Não cabe apenas o rabisco, não cabe o tropeço, não cabe o simplório, nem muito menos o prolixo. Também não é o caso de confiar só na inspiração – verbos, adjetivos, preposições e sujeitos que o digam. E o pior, neste tipo de escrita, há sempre um prazo à espreita, escondido atrás da porta, debaixo da mesa.

Agora mesmo, depois de horas fechada na biblioteca, com os dedos no teclado e olhos na tela, sinto a angústia da pressa. Respiro. Olho à minha volta e me vejo cercada por outras ideias. Ameaçada por histórias e pensamentos alheios, que não falham em me partir ao meio com suas capas magníficas, de títulos perfeitos. Do alto da estante, ou espalhados pelos cantos, gênios da literatura testemunham minha travessia do purgatório ao céu da crônica pronta.

O caminho ganha forma na medida em que me arrisco na beira do penhasco entre o saber e o desconhecido, como todo mundo, escrevo para compreender o que digo. Jogo a corda, encontro um gancho, dou nós, faço voltas e ajusto as medidas até que os dois lados do precipício estejam ligados por uma ponte. É ela que possibilita que, de alguma forma metafísica, por alguns instantes, eu e você nos encontremos.

Quase lá. Precisamente neste instante, estou a trinta palavras de abandonar o purgatório; a vinte e cinco de dar o último nó; e a dezoito de encontrar o paraíso.

Pronto! Pra você, ofereço minha facilidade inata e dificuldade adquirida. Meus rabiscos transformados em obra, ainda que destinada a virar forro de gaiola. Pela construção da ponte, o que for preciso. Sou uma operária da emoção. Escrevo por isso.

Que as palavras nos encontrem.

Impressão e Acabamento

Prol EDITORA GRÁFICA